어느 날
책상이
뒤집혀 있었다

JINSEI WO KAETA KONTO

© SEIYA 2024

Originally published in Japan in 2024 by WANI BOOKS CO., LTD., TOKYO

Korean translation rights arranged with WANI BOOKS CO., LTD., TOKYO,

through TOHAN CORPORATION, TOKYO and BC Agency, SEOUL.

어느 날
책상이
뒤집혀 있었다

세이야 소설 ＊ 이지수 옮김

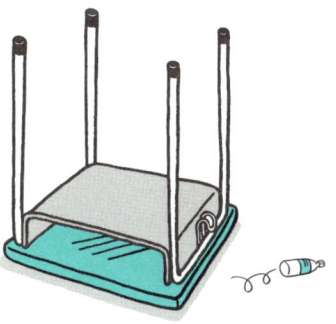

• 차례 •

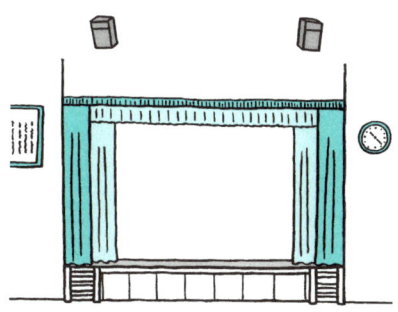

제1화

어느 날
책상이
뒤집혀 있었다

사람들은 보통 자신이 집단 따돌림과 관계없다고 생각한다. 이 이야기의 주인공인 오사카 시립 호시노 고등학교 1학년 이시카와도 그런 사람 중 하나였다.

'내가 따돌림당할 리 없어.'

대체로 사람들은 그렇게 생각한다. 실제로 키가 작고 눈이 동그란 이시카와라는 아이도 고등학교 1학년 신학기까지는 그렇게 믿어 의심치 않았다.

돌이켜 보면 초등학교와 중학교 시절에는 친구가 많았고, 성격도 꽤 밝았다. 게다가 코미디라면 사족을 못

썼다. 오사카에서 나고 자라서 그런지 주목받는 것을 즐겼고 코미디 프로는 반드시 녹화했다. 가장 재미있는 만담 콤비를 가리는 대회인 〈M-1 그랑프리〉를 보고 특별히 마음에 드는 개그는 대본을 직접 만들어 흉내 내기도 했다. 같은 아파트 단지에 사는 친구들 앞에서 연습한 개그를 선보일 정도로 열정을 쏟았다.

그래서 지금까지 늘 그래왔듯이, 고등학교에 진학한 신학기에도 친구가 금세 생길 줄 알았다.

그렇게 이시카와는 새로운 학기를 맞이했다. 고등학교 1학년 신학기는 얼핏 보기에는 굉장히 활기차지만 사실은 매우 불안정한 시기이기도 하다. 마치 대장장이가 만드는 칼처럼, 이 시기는 열을 가하면 어떤 형태로든 바뀔 수 있는 미완성의 공기로 가득하다. 특히 중요한 것은 첫인상인데, 반 아이들에게 처음에 어떤 인상을 심어줄지가 관건이다. 조심스레 접근하지 않으면 신학기에 생긴 첫인상이 졸업까지 3년 내내 이어질 가능성이 있기 때문이다. 말하자면 일종의 친구 만들기 오디션이 개최되는 셈이다.

예컨대 신학기에 우연찮게 얼굴에 코딱지가 붙어있으면 별명은 '코딱지'로 확정이다. 교실에서 똥을 지리면 예외 없이 '응가맨' '응가군'처럼 똥이 들어간 별명이 계속해서 따라다닌다.

그러므로 신학기는 무척 중요한 시기이자 기회인 동시에 위기이기도 하다. 학창 시절은 언제나 그런 가능성과 위험성을 품고 있다. 학창 시절을 잊어버린 어른들에게는 이미 흐릿해진 세계일 수도 있지만, 고등학교 1학년 신학기에는 모두가 조금씩 주위를 경계하며 방어벽을 치고 의자에 앉아 있다.

그건 이시카와도 마찬가지였다. 첫날은 조심스레, 눈에 띄지 않도록 노력하며 평범하게 보내려고 했다. 하지만 첫날부터 소규모이기는 해도 벌써 남학생 그룹, 여학생 그룹이 느슨하게 만들어지는 분위기가 감돌았다.

'큰일 났다. 나도 저 애들 사이에 끼지 않으면 혼자 남겨지겠어.'

이시카와는 그런 초조함에 휩싸였다. 여기서 뒤처지면 반에서 가장 잘나가는 그룹에 못 들어갈 것만 같았기 때문이다. 냉정하게 생각해 보면 잘나가는 그룹이라고 딱히 뭐가 대단한 건 아니지만, 사춘기 때는 이런 별것 아닌 계급이 너무나 신경 쓰이는 법이다.

사실 이시카와는 친구를 의식적으로 만들어 본 적이 없었다. 어릴 적부터 초등학교, 중학교까지는 자연스레 주위에 소꿉친구가 많았기 때문이다. 그러나 아이들이 여러 지역에서 수험을 치르고 모여드는 고등학교는 그런 환경이 아니다. 그야말로 백지부터 친구 만들기가 시작되는 것이다. 지금까지와는 상황이 다르니 어떻게 하면 좋을지 알 수 없었다.

'고등학교에서도 친구가 금세 생길 거야'

그런 여유는 어느새 사라지고 인생에서 한 번도 느껴보지 못한, 갑자기 사회에 내던져진 듯한 불안이 이시카와를 덮쳤다.

이시카와는 아파트 단지에서 자랐고 아래로 여동생

이 둘 있다. 하나는 두 살 아래로 얌전한 중학생, 다른 하나는 여섯 살 아래로 천진난만한 초등학생이었다. 아버지는 에히메현 출신에 과묵한 성격이었지만 오사카에서 태어난 엄마는 전형적인 간사이 지방 사람이어서 명랑하고 잘 떠들고 잘 웃었다. 그런 엄마 덕분에 이시카와는 상당히 밝은 집안 분위기 속에서 자랐다.

이시카와는 키가 작았다. 또 성도 '이ぃ'로 시작해서 키 순서로 하든 출석부 이름 순서로 하든 어차피 앞줄이었다. 이건 학급이나 단체의 신기한 법칙 중 하나인데, 여러 사람이 모여 있는 곳에서는 왠지 모르게 뒷자리가 더 신난다. 선생님과 거리가 멀어서 마음이 편한 상황도 한몫할 것이다. 이처럼 초중고를 불문하고 교실에서는 뒷자리가 떠들기 좋은 편인데, 호시노 고등학교도 예외는 아니어서 이시카와의 반인 1학년 8반 역시 그랬다.

호시노 고등학교는 1학년에 반이 여덟 개나 있었다. 저출산 문제가 심각한 요즘 치고는 학생 수가 상당히 많은 대규모 학교였다. 그런 북적북적한 고등학교에서 이시카와는 설마 자신이 따돌림을 당하리라고는 상상조차 하지 못했다.

코미디를 좋아하기 때문만은 아니었다. 중학교 때는 축구부였고 학생회장까지 맡았다. 곁에는 언제나 아이들이 저절로 모여들었다. 그런 이시카와인데도 고등학교에서는 반 친구들에게 어떻게 말을 걸어야 할지조차 몰라서 시간만 성큼성큼 흘러갔다. 그런 이시카와를 비웃기라도 하듯이 주위 아이들은 그룹을 척척 만들어 나갔다.

코미디를 너무나 좋아한다. 그 사실을 모두에게 알리고 싶었다. 초등학교 때부터 만담에 푹 빠져서 직접 대본을 구상하고 분석하기도 했다. 하지만 그런 점을 느닷없이 홍보하면 오히려 분위기를 썰렁하게 만들어 부끄러워질 것이다.

그런 생각이 내내 머릿속에서 빙글빙글 맴돌기만 할뿐, 좋은 생각이 떠올랐다가 사라지기를 반복하다 보니 어느덧 사나흘이 지나버렸다.

그러던 어느 날, 쉬는 시간에 거의 처음으로 교실 뒤쪽이 왁자지껄해졌다. 대체 무슨 일인가 싶어 멀리서 살펴보니 아무래도 갓 만들어진 남학생과 여학생 그룹이 '쓰레기통 슛'을 하면서 신이 난 듯했다. 쓰레기통으로부터 멀찍이 떨어진 지점에서 페트병을 던져 쏙 들어가면 환호하는 아주 단순한 게임이었지만, 그룹을 만들었다는 데 안심했는지 다들 이상하리만치 들떠 있었다. '우린 벌써 이 반에서 제일 잘나가는 그룹이 됐단다'라는 듯한 표정마저 엿보였다.

'저 그룹에 들어가야만 해......'

흥분한 아이들을 눈앞에서 본 이시카와는 마음이 조급해졌다. 어떻게든 저 그룹에 들어갈 수 있도록 모두의 관심을 끌고 싶었다.

그때 한 여학생이 "이거 어떻게 던져야 잘 들어가려나?"라고 모두에게 물었다. 여기서 이시카와는 인기 만화 『슬램덩크』 주인공 강백호의 대사를 떠올렸다.

'이 타이밍에 그 대사를 치면서 들어가면 다들 웃어

주지 않을까?'

　너무 갑작스럽게 끼어드는 것일 수도 있지만 이시
카와는 '좋아, 해보자!' 하고 결심했다. 그리고 그 그룹 쪽
으로 다가가 페트병을 농구공이라고 치고, "왼손은 거들
뿐" 하며 강백호 흉내를 내면서 아이들을 웃기려 했다.

　하지만 그 결과는 이시카와의 예상과 전혀 달랐다.
울고 싶을 만큼 차가운 정적이 교실을 뒤덮었고, 이시카
와에게는 1초가 10분처럼 느껴질 정도로 분위기가 꽁꽁
얼어붙었다.

　'실패다.' 그런 생각이 들었지만 때는 이미 늦었다. 그
토록 실수하지 않으려고 첫걸음을 어떻게 내디딜지 신
중하게 생각했건만, 별안간 발을 크게 헛디디고 말았다.

　악의는 없더라도 아이들은 때때로 잔인하다. 그 몇
초의 사건으로 모두의 시선이 싹 바뀌는 느낌이었다.

　다음 날에는 아이들이 뒤에서 몰래 웃는 듯한 기분
이 들었다. 성격상 다른 사람을 웃기는 건 전부터 좋아했
지만 이런 비웃음 섞인 모욕을 당하는 건 태어나서 처음

이었기에 자기도 모르게 표정이 굳었다. 그러자 이번에는 그게 신경 쓰여서 주위 아이들과 대화할 의욕이 생기지 않았다.

'아냐. 난 이렇게 어둡지 않아. 난 너네들이 생각하는 것처럼 재미없는 애도, 어울리기 힘든 애도 아니라고.'

물론 그런 마음속 외침은 누구에게도 가닿지 않았다. 흰 와이셔츠에 배어든 카레 국물처럼, 열여섯 살 아이들의 새하얀 마음에 들러붙은 '이상한 아이'라는 인상은 아무리 씻어내도 지워지지 않는 자국으로 남았다. 학교라는 장소에서 일어나는 따돌림은 이런 사소한 일로부터 시작된다.

게다가 따돌림은 단순하지 않다. 누구나 어렴풋이 느끼는 '왠지 모를 분위기', 바로 이것이 따돌림의 정체다. 다름 아닌 이 분위기가 따돌림을 재촉하는 것이다. 그리고 이 분위기가 결국 물리적인 행동으로 이어지는 사건이 일어났다.

어느 날 등교해서 교실에 들어가자 이시카와의 책상

이 뒤집혀 있었다.

　범인은 교실 뒤편에서 웃음을 참으며 재밌다는 듯이 이쪽을 바라보고 있는 남자애 네댓 명이라는 사실을 금방 깨달았다. 물론 우연도 우발도 아닌 이 행동은 이시카와를 겨냥해 고의로 한 짓이었다. 이시카와가 뒤집힌 책상을 들어서 똑바로 세우자 그 무리는 풋 하고 코웃음을 쳤다. 하는 짓이 너무나 하찮아서 그때는 아무렇지 않았지만 다음 날에도, 그다음 날에도 책상은 뒤집혀 있었다. 이시카와는 책상을 다시 뒤집어 세우고 의자에 앉았다.

　한번 상상해 보길 바란다. 소소한 괴롭힘이지만 주위 아이들이 다들 그것을 묵인하고 있는 셈이니 그 분위기는 상당히 견디기 괴롭다. 당하는 일 자체는 별것 아니어도 반 전체가 보고도 못 본 척 허용하고 있다는 사실이 충격적이었고, 그 때문에 이시카와는 너무나 수치스러웠다. 모두 공범자가 될 수 있는 것이다. 주범인 듯한 남학생 네댓 명의 얼굴은 자못 만족스러워 보였다.

　그렇구나, 저 애들은 나를 괴롭힘으로써 '우린 잘나

가는 그룹에 여전히 속해 있다'라는 걸 확인하고 있구나. 이시카와는 그렇게 이해했다. 책상을 뒤집는 유치한 행동도 유대감을 다지기 위한 게임처럼 느끼겠지.

그날 밤, 이시카와는 집에서 앞으로의 일을 생각해봤지만 성격상 학교에 가지 않는다는 결론에는 도무지 이르지 못했다. 학교는 빼먹지 않고 가고 싶었다. 무엇보다 엄마를 비롯한 가족들에게 걱정을 끼치고 싶지 않았기 때문에 그런 이야기는 꺼낼 수 없었다.

그 뒤로도 이시카와는 매일매일 학교에 갔다.

그래도 책상은 매일매일 뒤집혀 있었다. 슬픈 광경이었다.

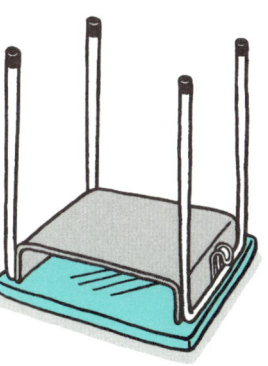

제2화

내겐
너무 눈부신 복도

이날도 책상은 뒤집혀 있었다.

잘도 질리지 않는구나 하고 감탄할 정도였다. 아마 반 친구들 중에는 마음 아파하는 아이도 있었을 것이다. 하지만 자신이 영웅이 되면서까지 따돌림을 멈추려고 하는 것에는 이득은커녕 오히려 위험밖에 없기에 아무도 끼어들지 못했다. 더군다나 이시카와가 어떤 애인지 아직 모르는 상황에서 이런 일이 벌어지고 있으니, 누구도 선뜻 나서서 막을 수가 없었다. 다들 온몸이 쇠사슬로 꽁꽁 묶인 듯한 분위기였다. 하지만 이시카와는 아직 꺾

이지 않는 정신력을 지니고 있었고, 냉정함도 여전히 유지하고 있었다.

'언젠가는 끝나겠지. 책상이야 내 손으로 똑바로 세우고 수업 들으면 돼. 별거 아냐.'

그렇게 생각했지만 외톨이가 되어버린 이시카와는 피할 수 없는 사태에 직면했다. 그렇다, '쉬는 시간을 어떻게 보낼 것인가' 하는 문제다. 이시카와로서는 처음 마주하는 상황인데, 반에서 겉도는 상태로 쉬는 시간에 홀로 교실에 있는 건 괴롭다. 다른 아이들의 시선이 너무나 신경 쓰이기 때문이다. 그래서 책상에 엎드려 자버리려고도 했지만 그건 이런 상황을 순순히 받아들인다는 증거가 될 테고, 자칫하면 3년 내내 이대로 고립될지도 모른다는 두려움이 머릿속을 스쳤다.

그렇게 고민하는 이시카와의 마음속에는 사실 쉬는 시간에 자유롭게 오가고픈 장소가 있었다. 바로 '복도'다. 하지만 이때의 이시카와에게 복도는 너무도 화려하고 눈부신 장소였다.

사실은 교실에서 뛰쳐나가 '고등학교의 중심지'인 복도로 나가고 싶었다. 고등학교 쉬는 시간의 복도는 화려한 무대였고, 거기로 간다는 것은 시골에서 도시로 나가는 것이나 마찬가지였다. 아무튼 그만큼 활기차고 시끌벅적했다. 중학생 때는 그저 뛰어다니면 혼나는 콘크리트 통로에 불과했지만, 고등학교에 올라와 이미 반에서 겉돌게 된 '외톨이' 이시카와에게는 도저히 지나갈 수 없는 눈부신 장소였다. 이 시기에 벌써 다른 교실까지 놀러 가는 용사도 몇 명 있었는데, 이시카와의 눈에 그 아이들은 그야말로 배낭여행자처럼 보였다. 그렇다, 학기 초에 다른 교실에 간다는 것은 해외여행이나 다름없었다.

그런 이유로 이시카와는 교실에서 나가지 못했다. 그렇다면 책을 읽거나 창밖을 줄곧 바라보는 수밖에 없었다. 만약 호시노 고등학교가 시즈오카현 후지시에 있어서 창밖으로 후지산이 보였다면 1년 내내 공책에 스케치하며 자연 풍경을 즐길 수 있었을 것이다.

하지만 이시카와의 자리에서 보이는 풍경은 교정을

순찰하는 경비 아저씨가 알 수 없는 미소를 띠고 끊임없이 무릎을 굽혔다 폈다 하는…… 그런 광경뿐이었다.

'아무튼 복도로 좀 나가보고 싶다.'

복도에서는 이미 남학생 몇 명이 그룹을 이뤄 서로 개인기를 선보이고 있었다. 어릴 적부터 만담과 요시모토 신희극*을 접할 기회가 많은 오사카 아이들은 TV 프로그램의 영향을 쉽게 받아 고등학교 무렵부터 이런 놀이를 시작한다.

개인기가 먹히면 환호를 받고, 먹히지 않으면 모두에게 어깨를 한 대씩 맞는다. 그렇게 몸을 건 게임을 하고 있었다. 흔하지 않은 게임이었지만 이 반의 복도에서는 유행했다. '저기 끼면 뭔가 달라질지도 몰라.' 코미디를 좋아하는 이시카와에게는 큰 기회로 보였다.

이 게임이 외톨이 탈출의 돌파구가 될 수도 있다.

---

* 일본의 대형 연예 기획사 요시모토흥업에 소속된 코미디언들이 연기하는 코미디 무대.

그날 밤 이시카와는 집에서 공책을 펼치고 개인기를 짜기 시작했다. 오사카에서 자란 이시카와는 예외 없이 코미디를 좋아했고, 중학교 때는 TV에 나오는 개그를 공책에 정리하거나 분석하는 이른바 '코미디 오타쿠'이기도 했다. 그러니 그 게임은 따지고 보면 기회였다.

신학기가 시작되자마자 책상 앞에 딱 붙어 있는 아들을 보고 부모님은 열심히 공부하는 줄로만 알았겠지만, 사실 이시카와는 고등학교 생활을 걸고 개그를 만들고 있었다. 어쩌면 앞으로의 인생까지 바뀔 것만 같아서 필사적이었다.

그렇게 새벽 네 시에 겨우 완성한 것이 '타잔 개그'였다. 타잔처럼 "아~아아~~" 하면서 일단 덩굴에 매달리는 동작을 한 뒤, 그대로 이어서 "아~아아~~, 아아~~ 흐르는 강물처럼~♬" 하고 미소라 히바리의 히트곡 〈흐르는 강물처럼〉을 몸을 앞뒤로 흔들며 부르는 개그였다.

역시나 중학교 3학년쯤부터는 머릿속으로 생각만 할 뿐 다른 사람 앞에서 개그를 선보이지 않게 되었지만,

지금 이시카와는 그런 여유를 부릴 만한 처지가 아니었다. 앞으로의 학교생활이 달려 있는 만큼 부끄럽기는 해도 이 개그를 하는 수밖에 없었다.

내일 이 개그가 먹히면......!

『슬램덩크』 실수도 잊히고, '얘랑은 친구 해도 괜찮겠는데' 하고 생각해 줄지도 모른다.

그리고 다음 날, 고등학교 생활을 좌우할 큰 승부의 시간이 왔다. 평소처럼 복도에서 개인기 게임이 시작되었다. 하지만 이시카와는 서둘러 그 그룹에 끼어들지 않았다. 몇 명쯤 먼저 해야 분위기가 달궈지기 때문이다. 평소에는 이시카와를 괴롭히는 무리가 오늘은 뜻밖에도 이시카와를 위해 바람잡이 역할을 해주는 셈이다. 준비는 다 되었다. 이시카와는 타이밍을 노려 그 그룹 가까이 뛰어들었다.

그러자 순간적으로 공기가 얼어붙었지만, 리더 격인 구로카와라는 남학생이 "찐따 새끼의 개그도 한번 보자고" 하며 기대치를 높여놨다.

'좋아, 됐다!'

난처한 표정을 지으며 입으로는 "해볼게"라고 다소 힘없이 말했지만, 내심 '드디어 활발한 애로 보일 수 있겠어, 중학교 때처럼 말이야. 나한텐 타잔 개그가 있으니까. 애들은 내가 어젯밤에 미리 준비한 것도 모르고' 하고 생각했다.

이시카와는 온 힘을 쥐어 짜내 자신을 다시 살려낼 개인기를 선보였다. ......그러나 그 결과, 복도는 침묵에 휩싸였다. 어찌 보면 지극히 당연한 일이었다. 애초에 아무도 이시카와의 개그에 웃어줄 마음이 없었으니까.

"야, 실패했으면 벌칙을 받아야지." 이시카와는 차례차례 어깨를 힘껏 얻어맞았다. 인생에서 처음 당한 폭력에 자기도 모르게 눈물이 날 것 같았다. 하지만 억지로 부자연스럽게 미소 지어 보였다. 여기서 웃으면 친구가 될지도 모른다. 이 모든 과정을 주위 아이들이 다들 놀이로 받아들여서, '이시카와는 재밌네' 하고 차가운 시선을 존경의 눈빛으로 바꿔줄지도 모른다. 그렇게 생각하며 맞고 또 맞아도 애써 웃었다. 하지만 속으로는 울고 있었다.

그날 집으로 돌아와 욕실에서 세면대 거울을 봤더니 어깨에 멍이 잔뜩 들어 있었다. 난생처음 부모님과 여동생에게 들키지 않도록 몰래 멍을 감추며 목욕했다.

제3화

오아시스에서는
염소 냄새가 난다

또다시 어깨에 멍이 들 수는 없으니, 네댓 명을 중심
으로 만들어진 잘나가는 남학생 그룹에 무리해서 먼저
다가가는 것은 그만뒀다. 멀지도 가깝지도 않게 적당히
거리를 두고 지내면 된다. 그렇게 생각하게 되었다.

하지만 교실에서 겉도는 학생에게 최대의 과제이자
고통의 시간이 있었다. 바로 점심시간이다. 이건 쉬는 시
간보다 더 괴롭다.

그룹을 만든 아이들에게 점심시간은 분명 하루 중
가장 신나는 한때겠지만, 이시카와에게는 고독이 한층

두드러지는 순간이다. 학급회의나 수업 때처럼 주변을 속이는 게 절대 불가능하기 때문이다.

그렇다고 한창 클 나이인 이시카와가 점심을 거를 수도 없었다. 교실 책상에서 혼자 도시락 뚜껑을 열고, 이야기를 나눌 상대가 아무도 없으니 묵묵히 밥을 먹었다. 마치 음식에 통달한 달인처럼, 냉동식품을 고급 식재료 대하듯이 하며 '난 식사를 즐기고 있다. 아무도 건드리지 마라' 하는 분위기를 풍기면서 그 시간을 어물쩍 넘겼다.

힘든 모양새로 시작된 고등학교 생활이었지만 매일 아침 엄마가 만들어 준 도시락을 먹는 시간만큼은 그 사실을 잊을 수 있었다. 엄마의 맛있는 도시락을 먹을 수 있다. 그것만으로 충분하다고 생각했다.

하지만 괴롭힘은 점점 더 심해졌다. 잘나가는 남학생 그룹에 속한, 키가 180센티도 넘는 덩치 큰 빡빡머리 나카무라가 젓가락을 들고 "수금입니다~!" 하면서 닭튀김이나 비엔나소시지처럼 맛있는 반찬을 이시카와의 도시락통에서 빼앗아 갔다. 소중한 도시락이 짓밟히는 것 같아서 당연히 너무 싫었지만, 그때 역시 표정은 굳었어도 작은 목소리로 "괜찮아"라고 말하는 수밖에 없었다. 그러나 '수금'을 당하면 밥과 반찬의 균형이 깨져서 은근히 힘들었다.

이런 일이 며칠씩이나 계속되다가 결국 참을 수 없는 일이 나흘째 반찬 수금 때 일어났다. 나카무라가 장난을 치며 젓가락으로 이시카와의 밥을 크게 뜨더니 일부러 그대로 바닥에 흩뿌린 것이다. 잘나가는 남학생 그룹은 입으로는 "너무했다!"라고 말하면서도 배를 쥐고 웃어댔다. 물론 이시카와는 조금도 웃을 수 없었다.

자기 일이라면 뭐든 참아왔지만 이건 달랐다. 이건 부모님께 죄송한 일이었다. 엄마가 아침 일찍 일어나 지어준 밥을 바닥에....... 이시카와는 너무나 슬프고 화가 났다. 이시카와의 집은 간식이나 달콤한 빵 같은 군것질거리를 마음껏 살 수 있을 만큼 여유롭지 않았다. 그런 환경에서 엄마가 정성껏 만들어 준 도시락을 엉망진창으로 망치는 건 절대로 용서할 수 없는 일이었다. 엄마까지 모욕당하는 기분이 들었다. 이날부터 이시카와는 교실에서 도시락을 먹지 않기로 결심했다.

그렇다면 도시락을 먹을 장소를 찾아야 했다. 점심을 안 먹는다는 선택지도 있긴 했지만, 엄마한테 "도시락 안 싸줘도 돼"라고 말하며 덧붙일 이유가 떠오르지 않았다.

되도록 누구의 눈에도 띄지 않고 혼자 도시락을 먹을 수 있는 장소....... 곧바로 머릿속에 떠오른 것은 화장실 대변 칸이었다. 드라마에서 '화장실 식사'를 하는 장면을 본 적이 있었기 때문이다. 얼른 도시락을 들고 대변 칸에 들어가 먹어봤다.

과연, 기분은 좋지 않았지만 안쪽에서 문을 잠글 수도 있으니 누구도 훼방할 수 없는 철옹성처럼도 느껴졌다. 하지만 이 화장실 식사 실험은 금세 실패했다. 옆 칸에 누가 들어온 것이다. 그 순간 "뿌지직, 뿌지직!" 하는 소리와 엄청난 기세로 그것이 물에 튀는 소리가 들려왔다. 소리만 들렸다면 그나마 나았겠지만 냄새가 너무나 강렬했다. 이시카와는 밥을 먹다가 귀와 코로 터무니없는 '큰일'을 당한 것이다.

옆 칸 사람은 본래 목적으로 들어왔으니 탓할 수야 없지만, 이날의 반찬은 닭튀김, 야키소바, 그리고 햄버그스테이크...... 아무리 봐도 그것으로 보였다.

'왜 하필 오늘 갈색 반찬이 많은 거야......'

평소에는 도시락을 빛내는 슈퍼스타들이었지만 이날만큼은 혹독한 원정 경기를 치르고 어쩔 수 없이 화장실에서 퇴장했다. 이리하여 도시락 먹을 장소를 찾는 여정은 또다시 암초에 부딪혔다.

이시카와는 화장실에서 뛰쳐나와 굴하지 않고 여러 장소를 탐색했다.

과학실은 인적이 드물어 괜찮을 듯했지만 희미하게 약품 냄새가 나서 식욕이 사라지는 바람에 결국 포기했다. 다음으로는 눈 딱 감고 건물 밖으로 나가봤다. 목표는 운동장 끝에 있는 나무 뒤쪽이었다. 이 학교의 운동장은 꽤 넓은 편이어서 이번에야말로 성공할 줄 알았는데, 선배 커플이 거기서 남몰래 밀회를 즐기고 있었다. 아무래도 그런 용도로 정해져 있는 장소인 듯했다.

　체육관 창고에서 먹어볼까도 생각해 봤지만, 정작 가보니 언제 운동부의 자율 연습이 시작될지 몰랐고 체육 수업을 좋아하는 학생이 일찍 올 것 같기도 해서 마음이 조마조마해 도시락을 먹을 만한 환경이 아니었다. 애초에 정말로 체육관 창고에서 도시락을 먹고 있으면 자기가 봐도 좀 이상할 것 같았다. 뜀틀을 쳐다보며 밥이 목구멍으로 넘어갈 사람은 이 세상에 없다.

　그다음 목표는 옥상 출입문 앞 계단, 즉 옥상으로 올라가는 길에 있는 잘 쓰지 않는 계단이었다. 어둡고 사람도 오지 않아서 이시카와는 진짜 좋은 장소를 찾았다며 기뻐했지만, 댄스 동아리 학생들이 연습하러 왔다가 이시카와를 보고 기겁했다. "뭐야? 유령이야?" 하는 소리까지 들려왔다. 하지만 도시락 먹을 장소를 찾아 떠도는 여정은 마침내 안식처에 이르렀다. 바로 수영장 뒤쪽이었다.

　신학기인 이 시기에는 아직 수영 수업이 없어서 아무도 이쪽으로 오지 않았다. 잠자리의 왕성한 교미를 바라보며 도시락을 먹어야 한다는 점만 참으면 최적의 장소였다. 기껏해야 수영장 특유의 염소 냄새가 거슬릴 뿐이어서 이시카와는 이곳을 '오아시스'라고 이름 붙였다.

그렇다, 자기만의 오아시스를 발견한 것이다. 이시카와는 엄마가 싸준 도시락을 들고 교실을 빠져나와 이 안식의 땅에서 매일 도시락을 먹기로 했다.

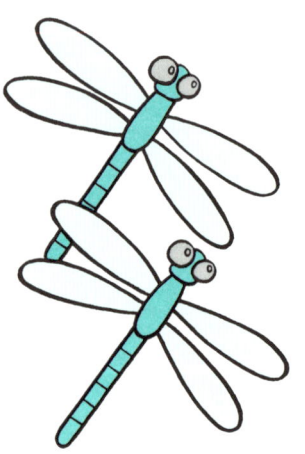

제4화

잠깐의 기대는
배신당하기 마련

처음으로 학교 밖으로 나가는 현장학습이 다음 주로 예정되어 있었다. 고등학교 생활이 시작된 뒤로 거의 처음 맞이하는 행사였다.

물론 조를 짤 때 이시카와는 맨 마지막까지 남았고, 결국 인신매매를 가볍게 포장한 듯한, '쟁탈 가위바위보'라는 무시무시한 게임으로 어떤 조에 떠넘겨졌다.

하지만 결과적으로 당일 이시카와는 자연스레 혼자 다니게 되었다. 이제까지의 인생에서 그다지 경험해 본 적 없는, 홀로 학교 행사를 소화해 내야 하는 괴로운 과제였다. 하지만 뜻밖에도 현장학습 장소가 과학박물관이라는 설레는 곳이었던 덕분에 혼자 다니는 것이 생각보다 나쁘지 않았다.

아침에는 엄마가 도시락을 만들어 줬다. 집안 형편이 그리 넉넉지는 않았지만 엄마는 소풍 도시락 반찬에 정성을 듬뿍 담아줬다. 그 마음을 저버리고 싶지 않아서 "친구들이랑 즐겁게 놀다 올게!"라고 거짓말까지 했다.

과학박물관에는 레버를 돌리면 전기의 흐름이 보이는 전시물이나 큰 태풍이 왔을 때의 바람을 체감할 수 있는 장치 같은 것이 있어서 재미있었다.

홀로 묵묵히 과학박물관을 돌아다니고 있을 때 구로카와 일당과 딱 마주쳤다. 눈을 내리깔고 지나치려 했지만 그 애들은 "야, 너 어딨었어?" 하며 이시카와를 화장실로 데려갔다.

뭐지? 설마 현장학습에서 친해지는 일도 있을까? 아주 잠시 기대에 부풀었다.

하지만 결과는 상상과 달랐다. 구로카와의 부하 고

바야시가 포마드를 손에 왕창 덜어내더니 이시카와의 머리에 발라서 빈틈없는 올백 스타일로 만들어 버린 것이다. 구로카와 일당은 배를 잡고 웃으며 이시카와의 머리를 닭 볏처럼 만들거나 마구 헤집으며 논 다음, 눈에 확 띄도록 모든 머리카락을 정수리로 모아 세워서 하드 스프레이로 딱딱하게 굳혔다. 화장실에서 함께 나온 뒤 이시카와는 그 헤어스타일 그대로 모두의 시선을 받으며 과학박물관을 억지로 한 바퀴 돌아야 했다. "저 머리는 뭐야?"라는 몇십 명의 비웃음을 온몸으로 받아내면서.

고등학교 생활의 첫 행사였던 현장학습은 너무도 씁쓸한 추억으로 끝나버렸다. 이시카와는 집으로 돌아가기 전 근처 쇼핑몰 화장실 세면대에서 필사적으로 머리카락에 들러붙은 포마드와 하드 스프레이를 씻어냈다.

그리고 화장실로 불려 갔을 때 '이 그룹에 들어갈 수도 있으려나' 하고 기대했던 자신이 얼마나 어리석었는지 새삼 생각했다.

제5화

적은 생각보다
만만치 않다

이시카와는 여전히 점심시간이면 수영장 뒤쪽, 일명 '오아시스'에서 도시락을 먹었지만 쉬는 시간 교실에서 이루어지는 괴롭힘은 점점 더 심해졌다.

반 아이들도 이시카와가 무슨 일을 당하든 울거나 화내지 않아 문제가 되지 않으니 그런 광경에 점차 익숙해졌다.

어깨를 주먹으로 치는 '어깨빵'. 이시카와는 이것을 매번 관례처럼 당했다. 표정이 굳었지만 참았다. 이시카와가 기죽지 않으니 재미가 없어진 구로카와 일당은,

4층 창문가에서 넷이 함께 이시카와를 들어 올려 복도에 다리만 남겨두고 몸을 절반도 넘게 창밖으로 밀어내 반응을 구경하는 놀이를 감행했다.

생각해 보라. 친구도 아닌 놈들한테 다리만 붙잡힌 채 상반신은 4층 높이에서 아래쪽으로 대롱대롱 매달린 상태다. 자칫 누가 잘못하기라도 하면 목숨을 잃는다. 자기 목숨이 다른 사람의 손아귀에 쥐어져 있다는 그런 공포. 뉴스에 가끔 나오는, 학생이 학교 건물에서 떨어져 숨지는 사고도 피해자가 이런 일을 겪었던 게 아닐까? 그렇게 생각하자 이시카와는 손에서 땀이 흥건히 배어났다. 하지만 구로카와 일당은 이 행위를 '스카이다이빙'이라고 이름 붙이고는 "스카이다이빙 재밌었어?" 하고 구태여 물으며 어디까지나 놀이라는 분위기를 연출했다.

또 어느 날은 구로카와 일당 가운데 키가 180센티인 나카무라가 이시카와를 어깨에 태워 가마처럼 짊어 메고 여러 반의 복도를 행진하며 즐기는 짓을 시작했다. 구로카와는 이걸 '축제'라고 불렀다. 축제 전에는 화장실로 끌고 가 현장학습 때처럼 헤어스프레이로 머리카락을 닭 볏처럼 딱딱하게 굳혔다. 그런 머리 모양을 하고 어깨 가마에 태워져 처음 가는 반과 복도를 돌아다녀야 했으니, 사춘기 소년으로서는 참을 수 없이 부끄러웠다. 게다가 구로카와는 그것이 괴롭힘으로 보이지 않도록 '이시카와도 친구들과 즐겁게 놀고 있다'라는 분위기를 치밀하게 만들어 냈다.

그래서 겉으로는 사이좋은 친구들이 장난을 치는 것으로만 보였기 때문에 문제가 되지 않았다. 실제로 1학년 8반 담임 선생님도 이때는 아직 이시카와가 구로카와 일당과 친한 줄로만 알고 전혀 관여하지 않았다.

마치 누군가를 못살게 구는 것이 아니라는 양, 구로카와는 겉으로는 재밌는 놀이처럼 보이는 애매한 괴롭힘을 기획해 냈다. 요컨대 구로카와는 가해자 중에서도 가장 성가신 지능범 유형이었던 것이다. 멍청한 양아치들이 잘 그러듯이 이시카와의 얼굴을 흠씬 두들겨 패기라도 했다면 학교 쪽에서 나섰겠지만, 구로카와의 수법은 아주 교묘해서 선생님들의 눈을 피하면서도 흡사 '이 애랑은 친구예요'라는 듯이 괴롭혔다.

한편 물리적으로 공격하며 이시카와를 괴롭히는 것은 구로카와의 부하인 나카무라였다. 마치 구로카와의 골룸처럼 굴어서 '머리는 구로카와, 실행범은 나카무라, 고바야시, 그리고 야구 부원 시노하라'라는 대형이 점점 드러났다. 다른 아이들은 그런 분위기에 동조하면서 압력을 가하는 역할로 구로카와 일당에 가담했다.

그렇군, 이건 생각보다 만만찮은 적일지도 몰라. 이시카와는 한층 깊은 위기감을 느꼈다. 사실 그랬다. 이 세상에서 일어나는 집단 괴롭힘은 가해자 쪽에서 문제가 생기지 않도록 교묘하게 주위 어른과 선생님의 틈을 파고들기 때문에, 피해자의 근성만으로는 해결되지 않는 경우가 대부분이다.

결국 집단 괴롭힘 피해자는 얽히고설킨 인간관계와의 두뇌 싸움에 내몰린다. 바로 이것이 현대사회 속 괴롭힘의 복잡한 면모다.

하지만 이시카와는 포기하지 않았다.

학교는 빠질 수 없었다. 빠지면 부모님이 걱정하신다. 동네 친구들이 '그 밝은 이시카와가 학교에서 괴롭힘을 당하다니'라고 생각하게 되는 것도 너무나 싫었다. 괴롭힘을 당한다고 쉽게 털어놓지 못하는 데는 그런 심리도 있었다.

그러나 이시카와를 괴롭히는 방식은 점점 다양해졌다. 철제 청소 도구함에 이시카와를 집어넣고 밖에서 "쿵쿵쿵쿵!" 하고 두들겼다. 어둠 속에서 일어나는 일이니 그것만 해도 상당한 스트레스이건만 이는 아직 시작에 불과했다. 또다시 "쿠웅!" 하고 커다란 소리가 들리자 이시카와의 몸이 옆으로 쓰러졌다. 그렇다, 청소 도구함을 통째로 넘어트린 것이다. 게다가 문이 바닥 쪽으로 깔리도록 넘어져서 강한 충격을 받은 것과 동시에 문을 열고 싶을 때 열 수도 없었다. 청소 도구함에서 나올 권리조차 없었던 것이다. 그런데도 구로카와 패거리는 "좀비다!" 하고 청소 도구함 문을 열어주면서 놀이인 척해 주위에

서 보기에는 장난인지 괴롭힘인지 알 수 없게 만들었다.

그래도 이시카와는 참았다. 나만 참으면 괜찮아져. 별일 아니야. 집에 가면 내가 좋아하는 코미디 프로가 있어. 만담 프로의 대본을 베껴 쓸 때면 모든 것을 잊을 수 있었다. '나도 언젠가는….' 그런 생각도 어렴풋이 하고는 했다.

하지만 마음은 비명을 지르고 있었다는 사실을 이시카와 자신도 이때는 깨닫지 못했다.

제6화

몸은
솔직하다

이시카와는 고등학교에 들어간 뒤로 한 번도 학교를 빠진 적이 없었다. 책상이 매일 뒤집혀 있어도 버텼다. 한 번 결석하면 다시는 학교로 돌아갈 수 없을 것만 같아서 견뎌냈다.

하지만 실은 몸과 마음이 SOS 신호를 보내고 있었다. 믿기 어렵게도 머리카락을 움켜쥐면 고스란히 쑥쑥 빠졌다. 이른바 원형탈모증의 초기 증상이었다.

빠진 머리카락의 양은 평소와 비교도 되지 않을 정도로 많았다. 아침에 일어났을 때 베개에 묻어 있는 양도

비정상적이었다. 또 욕실에서 머리를 감을 때도 손바닥이 새카매질 정도로 머리카락이 빠졌다. 그 빠진 머리카락을 자세히 살펴보면 모근 끝까지 까맸는데, 머리의 스트레스 세포가 모근을 공격해 원래는 하얘야 할 모근이 그런 색깔로 변한 듯했다.

점점 동그란 모양으로 머리카락이 빠져가는 이시카와의 모습을 보고 담임 아라카와 선생님이 "전부터 신경 쓰였어. 면담하자"라고 말해서, 마침내 엄마가 학교로 불려 와 세 사람이 대면하게 되었다.

'큰일났다....... 부모님께는 이런 상황이라는 걸 내내 숨겨왔는데.'

이시카와는 그렇게 생각했지만 선생님도 몹시 불안해 보였기 때문에 억지로 면담을 거부할 수 없어서 마지못해 받아들였다.

면담 당일, 선생님과 마주 앉고서도 엄마는 상황을 잘 이해하지 못해 "이렇게 유들유들한 아들도 갑자기 원형탈모증에 걸릴 수가 있네요" 하며 농담처럼 여기는 눈치였다.

하지만 선생님은 마침내 무거운 입을 열고, 지금까지 잠자코 있었던 것을 후회하는 듯한 눈빛으로 핵심을 찌르는 질문을 던졌다. "이시카와, 솔직하게 말해주렴. 반 친구들이랑 잘 지내고 있니?" 엄마는 "네에?" 하며 깜짝 놀랐다. 아들이 집에서는 아무런 티를 내지 않았으니 전혀 눈치채지 못했을 것이다.

잠시 침묵한 뒤 이시카와는 생각지도 않은 거짓말을 했다. "당연히 잘 지내죠. 애들이 놀리긴 해도 만담 콤비처럼 서로 장난치는 정도예요" 선생님은 "진짜니?" 하고 확인했다. 선생님께 죄송한 마음도 있었지만 이시카와는 "네" 하고 또다시 거짓말을 했다.

이때 이시카와는 괴롭힘당하고 있다는 이야기를 절대로 할 수 없었다. 일단 가장 큰 이유는 엄마였다. 엄마에게는 걱정 끼치고 싶지 않았다. 만약 그 이야기를 하면 그런 낌새를 전혀 내비치지 않았던 이시카와의 노력이 허사가 되고 만다.

다른 한 가지 이유는 어른의 개입을 막고 싶다는 것이었다. 선생님이 집단 괴롭힘을 인식해 "이시카와 괴롭히지 마라!" 하고 반 아이들에게 주의를 주면 어떻게 될까. 이시카와가 선생님께 일러바치고 어른을 이용해서 친구들을 배신했다는 분위기가 퍼질 게 분명했다.

그런 분위기가 일으킬 파장은 너무나 컸다. 이시카와는 애써 '괴롭힘이 아니라 놀림당하는 것뿐이야' 하고 반 아이들 앞에서 가장해 왔는데, 그런 말을 하면 이시카와가 지켜온 균형이 무너져 결국 '괴롭힘당하는 아이'로 확정된다. 그 상황만은 최대한 피하고 싶었다. 그러면 학교생활이 더욱 힘들어질 우려가 있다. 그런 마음에 이시카와는 선생님이 내민 손을 거부했다.

실제로 집단 괴롭힘은 어른이 개입해도 말끔하게 해결되지 않는다. 당사자들끼리 어떻게든 해야 하는 것이다. 이시카와는 다시 한번 선생님과 엄마에게 '죄송해요. 그렇지만 제 손으로 어떻게든 해볼게요'라고 속으로 중얼거리며, 걱정을 끼친 두 사람에게 사과했다.

제7화

피부병일 뿐이야

결국 면담 뒤에도 머리카락이 계속 빠져서 이시카와의 머리는 점점 더 벗겨졌다. 당시 유행하던 영화 〈반지의 제왕〉에 나오는 머리카락이 듬성듬성한 골룸이나 머리의 반들반들한 보라색 부분이 이시카와의 탈모 부위와 같은 만화 『드래곤볼』의 프리저 등, 구로카와 일당은 이시카와에게 온갖 대머리 캐릭터 별명을 붙였다.

반에서는 "프리저 님, 프리저 님!" 하고 입을 모아 외쳐대기도 했는데, 그러면 이시카와는 프리저의 유명한 대사 "죽일 거예요"로 매번 익살맞게 응수했다. 그렇게 이시카와가 강한 척을 했으니 아직 괜찮은 줄 알았을 것이다. 구로카와의 지시를 받은 고바야시와 나카무라는 이시카와의 머리카락을 잡아 뜯어서 뽑힌 양을 겨루는 지옥 같은 놀이마저 시작했다.

그 뒤 이시카와는 학교에서 집으로 돌아오는 길에 피부과에 다니게 되었다. 정신과가 아니라 피부과에 간 것도 '난 괴롭힘 때문에 약해진 게 아니야' 하고 오기를 좀 부렸기 때문인지도 모른다.

'난 궁지에 몰려서 머리가 벗겨진 게 아니야. 난 정신적으로 조금도 무너지지 않았어.'

이시카와는 이건 단순한 피부병일 뿐이라고 속으로 되뇌었다. 엄마를 안심시키기 위해서라도 정신과가 아니라 반드시 피부과여야만 했다.

첫 진료 날, 일단은 어떤 원인으로 머리가 자꾸 빠지는지 알아보기 위해 피를 뽑았다. 주사기를 꽂고 관에서 관으로 자신의 피가 천천히 흘러가는 것을 난생처음 봤다. '설마 고등학교 생활이 이렇게 될 줄이야.' 멍하니 그런 생각을 하면서, 몸속에서 나온 피가 관을 타고 올라가는 것을 물끄러미 바라보았다.

진료 결과가 그날 안에 나와서 이시카와는 피부과 선생님이 있는 방으로 불려 갔다. 의사 선생님은 여자였고 생글생글 웃고 있었다. 아마도 원형탈모증에 걸린, 고작 열여섯 살짜리 소년에게 '상냥하게 감싸줄게. 긴장하지 않아도 돼'라는 마음을 전하고 싶었을 것이다. 그 미소는 처음부터 끝까지 내내 그랬다.

의사는 "이시카와, 다행이네. 탈모 2단계야. 이건 금방 좋아지거든" 하고 밝게 말하며 종이와 펜을 써서 자세히 설명하기 시작했다.

"지금 스트레스 세포가 모근을 자극해서 모근이 까맣게 변했을 텐데, 그 탓에 머리카락이 빠져서 원형 탈모가 생긴 거야. 먼저 1단계 때는 작은 동전 크기로 머리카락이 빠져. 2단계 때는 그 동전과 동전이 연결돼서 큰 동그라미가 되고, 전체적으로 많이 빠지지. 하지만 이건 흔한 증상이야. 치료만 잘 받으면 반드시 낫는단다."

이야기의 내용에 비해 지나치게 명랑한 말투였다. 역시 이시카와를 격려하고 긴장을 풀어주려는 것이었다. 게다가 의사는 분위기를 편하게 만들기 위해 이시카와에게 설명을 너무 자세하게 해줬다.

"그 뒤에 오는 건 3단계인데, 이때는 눈썹과 속눈썹, 아래쪽 털까지 전부 다 빠져. 거기까지 안 가서 다행이다. 머리카락은 모자만 쓰면 주위 사람들이 눈치 못 챌 테고, 얼굴은 변하지 않으니까 괜찮아."

이시카와는 조금 안심해서 미소 지었다. 의사도 웃으면서 "괜찮아, 힘내자!" 하고 밝게 말했다.

'진짜 좋은 선생님이다. 쾌활하신 게 꼭 천사 같아.'

그런 생각을 하고 있을 때, 간호사가 "선생님...... 이것 좀 보세요" 하며 자료 몇 장을 추가로 가져왔다. 의사는 그 자료를 팔랑팔랑 훑어보더니 "이시카와, 저기, 그게, 3단계였네....... 음, 그래도 반드시 나을 테니까......" 하고 힘없는 목소리로 말했다. 이 세상 같지 않은 어색한 분위기가 흘렀다. 의사는 천사가 아니라 악마였다.

제8화

머리카락
휘날리며

어느새 체육 대회가 열리는 시기가 다가왔다. 호시노 고등학교의 큰 행사라 하면 여름 방학 전의 체육 대회와 가을에 열리는 연극 축제 '문극제'다.

이시카와네 학교는 이런 행사에 엄청나게 힘을 쏟았고, 문극제 연극에는 다른 학교에서도 꽤 많은 학생이 몰려든다. 마찬가지로 체육 대회 응원전과 창작 댄스, 반 대항 릴레이 등에는 학부모들까지 가세해 엄청난 성황을 이룬다. 이시카와에게는 과학박물관 견학 이후 처음으로 맞이하는 커다란 행사였다.

물론 이는 큰 전환점이기도 했다. 요즘은 괴롭힘의 형태도 바뀌어 예전처럼 과도한 방식은 쓰지 않아서, 굳이 따지자면 이시카와를 모른 척 무시하며 공기 취급하고 있었다. 아마도 머리카락이 눈에 띄게 빠져가는 이시카와의 모습에 구로카와 일당도 뜨끔했을 것이다.

하지만 이시카와는 물리적으로 괴롭힘당하는 것보다 마치 공기처럼, 자신이 존재하지 않는 것처럼 취급당하는 게 훨씬 힘들었다. 그러니 이번에 어떻게든 반에 도움이 되어 평범한 학교생활을 되찾을 기회를 잡아야 했다. 이시카와는 체육 대회의 반 대항 릴레이로 목표를 정했다.

반 대항 릴레이란 발 빠른 네 학생이 반 대표로 나와 배턴을 이어받으며 달려 반끼리 1위를 겨루는, 말하자면 체육 대회의 하이라이트가 될 경기다.

다행히 이시카와는 초등학생 때 3년 동안 축구를 해서 발은 평균보다 빠른 편이었다. 50미터를 6초대에 뛸 수 있는 잠재력이 있었다.

이것밖에 없다.

반 대항 릴레이의 선발멤버를 결정하는 학급회의에 앞서, 출전 후보를 찾기 위해 체육 수업에서 50미터 달리기 기록을 잰다. 이시카와는 그 수업을 위해 병원에서 돌아오면 달리기 연습을 하는 것을 일과로 삼았다. 직접 스쿼트와 근력 운동 프로그램을 짰고 경사 달리기 같은 것도 했다. 반 아이들 앞에서 릴레이 주자로 뛰는 자기 모습을 상상하며 훈련에 몰두했다.

물론 그러는 동안에도 머리카락은 계속 빠졌다. 이시카와는 대개 자신이 사는 아파트 단지 주위를 뛰었는데, 니트 모자나 캡 모자를 쓰고는 전속력으로 달릴 수 없어서 가늘게 자란 머리카락을 옛날 패잔병*처럼 그대로 드러낸 채 개의치 않고 달렸다. 한번은 길을 가던 아는 아주머니 두 명이 "앗, 방금 이시카와 씨 아들 아니야?" "설

---

* 일본의 옛 무사들은 정수리를 박박 밀고 옆머리는 묶었는데, 패잔병은 머리를 묶지 못해 옆머리만 길게 늘어져 있었다.

마, 설마?!"라고 말하는 목소리가 들려왔지만 무시하고 달려 나갔다.

하지만 한 바퀴 더 돌 때 또다시 이시카와를 스쳐 지나간 다른 아주머니가 "맞네, 맞아. 어머나!" 하며 놀랐다. 성가셨다. 어쨌거나 이 아줌마들도 50미터 달리기 기록으로 입 다물게 하는 수밖에 없다며 이상한 방식으로 동기 부여를 했다. 병에 걸리고 나서 아는 사람들에게 일일이 설명하기 귀찮아지는 건 흔한 일이다.

드디어 맞이한 50미터 달리기 수업. 아무도 이시카와를 주목하지 않았다. "준비, 시작!" 하는 체육 부장의 호령과 함께 스타트를 끊고 이시카와는 있는 힘껏 달렸다. 가늘게 자라난 머리카락이 휘날리자 킥킥대는 소리가 들려왔다. "야만인이다!" "볼드모트가 전속력으로 달린다!"라는 목소리도 날아들었다. 무슨 말이든 해보라지. 난 올림픽만큼이나 인생을 건 경주를 하고 있으니까.

그리고 기록이 나왔다. 남학생들이 술렁거렸다. 무려 6초 52라는 좋은 기록이었다. 고등학교 1학년 남학생의 평균 기록은 7초대였고, 그 안에 간신히 들어오면 빠른 편이었으니 반 대표 네 명 안에 들기에는 충분했다. 구로카와 일당도 놀란 표정이었다. 이시카와는 고등학교에 들어와 처음으로 "좋았어!" 하고 조그맣게 외쳤다.

그 소문은 여학생들에게도 퍼졌다. "그 머리 빠진 이시카와가 사실은 운동을 잘했어?! 체육 대회는 함께 참가할 수 있겠네." 이시카와는 더는 반의 골칫덩이나 눈에 보이지 않는 공기가 아니게 된 것만 같았다.

제9화

기록 순이라고
했잖아요

반 아이들이 모두 구로카와가 만들어 낸 분위기에 동조하던 것은 아니었다. '가능하면 저 애를 어떻게든 도와주고 싶어.' 하지만 이시카와는 스스로 구로카와 일당 속으로 뛰어들고 있었고, 다른 아이들은 이시카와가 어떤 애인지도 몰랐다. 다들 아직 10대 중반이었으니 그저 난감해할 뿐이었다.

하지만 이렇게 눈에 보이는 결과가 하나 나오자 모두들 안심한 듯이 "이시카와, 대단하다. 발이 빠르구나" 하며 화제로 삼게 되었다. 다행이었다. 아파트 단지에서 달리기 연습을 해온 보람이 있었다.

릴레이 출전 선수를 정하는 학급회의에서 체육 대회 종목 배정이 시작되었다. 단체 줄넘기 줄을 돌릴 사람, 2, 3학년과 함께 추는 창작 댄스에 대표로 나갈 사람 등이 척척 정해지는 가운데 드디어 반 대항 릴레이에 나갈 네 선수를 뽑을 차례가 되었다.

진행은 체육 부장이 맡았고, 체육 시간에 측정한 반 전체의 50미터 달리기 기록을 바탕으로 토의해서 정할 예정이었다. 먼저 기록 순으로 육상부 남학생 두 명이 뽑혔다. 그리고 구로카와 일당의 고바야시가 그 뒤를 이었다. 이제 남은 것은 단 한 자리. 기록 순으로 보면 다음은 이시카와다. 애초에 고바야시보다 0.2초 빠른 기록이었다.

그때 구로카와가 손을 들었다. "나, 하고 싶어. 고바야시랑 호흡도 잘 맞아서 방과 후 릴레이 연습도 하기 편해. 그러니까 내가 할게"라고 주장했다. 이시카와는 스스로 손을 들 용기가 없었다. 그 순간 한 남학생이 주뼛주뼛 손을 들었다.

"기록 순이잖아. 그럼 이시카와 아니야?" 그렇게 덜덜 떨리는 목소리로 말했다. 그러자 여학생 하나도 "나도 그렇게 생각해. 기록 순으로 뽑는 게 좋아" 하며 찬성했다. 동조하는 분위기가 반 전체에 퍼졌다.

하지만 구로카와 일당의 고바야시가 "난 구로카와랑 하고 싶어. 이시카와는 탈모가 있잖아. 다른 반 애들이 비웃을 수도 있고, 놀림감이 될 거야"라고 내뱉었다.

그런 어이없는 말을 해버릴 수 있는 것이 바로 아이다. 고바야시의 냉혹한 주장을 듣고 다들 재빨리 손을 내리며 물러섰다.

그러자 구로카와가 다시 밀어붙였다. "게다가 내 기록도 6초대야. 50미터 달리기 때는 컨디션이 안 좋았거든." 심지어 육상부 두 명까지 "이시카와는 좀 부정 출발이었지"라는 둥 말도 안 되는 소리를 하기 시작했다. 아마도 뒤에서 구로카와, 고바야시와 입을 맞추고 여기까지 미리 짜놓았을 것이다.

상황이 이렇게 되자 역시 선생님이 끼어들어서 "이

시카와가 부정 출발을 했다는 게 사실이니?"라고 물었다. 육상부 두 명은 "사실입니다" 하고 시선을 피하며 말했다. 하지만 선생님은 이시카와로부터 "지나치게 감싸지 말아주세요"라는 말을 돌려 들은 적이 있었고, 학부모 면담 이후로는 다른 학생들에게도 "너무 이시카와만 싸고도는 거 아니에요?"라는 소리를 들을까 봐 신경 쓰는 눈치였다.

그래서 선생님도 더는 끼어들지 않고 상황을 지켜보는 수밖에 없었다. 결과적으로 이시카와는 릴레이에서 빠지고 구로카와가 출전하기로 했다. 이시카와는 물건 빌려 달리기*에 나가게 되었다.

---

* 제비를 뽑은 뒤 거기에 적힌 물건을 관중석 사람들에게 빌려서 들고 결승선까지 달리는 경기. 웃음을 주는 가벼운 경기라는 이미지가 있다.

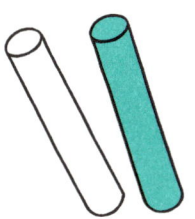

제10화

마음의
뚜껑이
열려버렸다

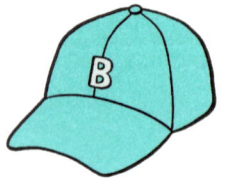

체육 대회 당일, 물건 빌려 달리기에 나선 이시카와는 방심하지 않고 온 힘을 다해 뛰었다. 하지만 "물건 빌려 달리기에 대머리 고등학생이 나왔다......"라고 내빈석에서 웅성거리는 소리도 순간적으로 들려왔다. 그 속에서 이시카와의 부모님은 괴로운 듯이 아들을 지켜보고 있었다.

게다가 빌려야 하는 물건이 하필이면 '모자'였다. 이시카와에게 너무나도 절실한 물품이었던 탓에 오히려 분위기가 썰렁해졌다. 이리하여 이시카와의 '반 대항 릴레이에서 친구 되기 작전'은 물거품으로 돌아갔다. '나한테 간절히 필요한 물건을 뽑은 바람에 숙연해진 거겠지.' 이시카와는 속으로 스스로를 농담거리로 삼았다.

체육 대회가 끝난 뒤 여름방학이 시작되었다. '여름방학 동안 스트레스 세포가 안정되면 2학기부터 다시 새로 시작할 수 있어.' 학교를 빼먹지 않고 여기까지 온 이시카와에게는 기다리고 기다리던 장기 휴가였다.

하지만 동네에서 친구 모임이 있을 때는 난처했다. 여름 방학이니 중학교 친구들이 만나자고 연락을 해왔다. 수영장 가자, 모교 운동장에서 오랜만에 축구 하자. 가고 싶은 마음은 굴뚝 같지만 머리가 벗겨진 이 상태를 어떻게 설명하면 좋을까? 과연 들키지 않고 모자로 감출 수 있을까? 아니, 힘들겠지.

이시카와는 특히 사이가 좋은 소꿉친구 셋과 모였을 때 눈 딱 감고 만나자마자 모자를 벗었다. 그리고 "이렇게 돼버렸어~!" 하고 구태여 익살맞게 말했다. 그런데 세 친구 모두 전혀 놀라지 않았고, "알고 있었어. 괜찮냐?" 하며 사정을 이미 듣고 걱정해 주는 듯했다.

아무래도 엄마가 "우리 애가 머리카락이 다 빠져버렸는데, 신경 쓰지 말려무나" 하고 전화로 여기저기 미리 말해둔 모양이었다. 다들 "뭐, 이시카와니까 괜찮겠지. 근데 처음엔 너무 충격적이어서 못 웃겠더라" 하며 소꿉친구답게 웃어줬다.

역시 친구는 좋다. 오랜만에 따뜻한 분위기에 감싸여 눈물이 찔끔 날 뻔했다. 이시카와는 여름방학 동안 '얘네만 있으면 괜찮아. 그러니까 학교에서 좀 더 나답게 지내자' 하고 생각했고, 그것은 매우 큰 의미가 있었다.

2학기가 시작되었다. 마음은 긍정적이었지만 정작 머리카락은 거의 다 빠져버린 상태였다. 탈모 3단계의 증상으로 결국 눈썹과 속눈썹까지 빠지기 시작해 얼굴도 예전의 이시카와와는 사뭇 달라졌다. 변해버린 모습을 보고 역시 부모님은 "학교를 쉬는 게 어때?" 하고 권했지만, 이시카와는 그렇게 하지 않았다.

결석은커녕 이시카와는 모자조차 쓰지 않았다. 정확

히 말하자면 등하굣길에만 모자를 쓰고 교실에 들어가면 벗었다.

왠지 모르게 학교에서는 모자를 쓰기 싫었다. '이런 놈들 때문에 모자를 써야 하는 건 싫어'라는 마음도 있었고, 아무렇지 않게 행동함으로써 '내 정신력이 얼마나 강한지 보여주마' 하는 의도도 있었다.

탈모증과 집단 괴롭힘 때문에 학교를 빠진다. 그런 자신을 받아들이고 싶지 않았다. 여기서 물러서면 돌아올 수 없다. 그런 마음으로 2학기가 시작되었다.

하지만 새 학기가 되어도 머리카락은 자꾸만 빠져서 그 무렵부터 '프리저 님'이라는 별명이 완전히 고정되었다. 『드래곤볼』에 나오는 프리저 머리의 흰색과 보라색 중 보라색 부분만큼이나 벗겨진 부분이 넓었기 때문이다. 하지만 이시카와는 굳은 각오로 프리저 님 역할을 완수해 내려 했다.

쉬는 시간에 잘 나가는 그룹 아이들이 "프리저, 프리저!" 하고 입을 모아 외치며 괴롭혀도 매번 한 명 한 명에게 "죽일 거예요, 죽일 거예요" 하며 전부 웃음으로 되받아쳤다. "오늘 제가 가진 돈은 오십삼만이에요.* 도도리아 씨** 한테 전화가 와서 이만 실례합니다. 끄아아아악!" 하는 식으로 프리저 개그도 잔뜩 만들어 냈다.

이시카와는 여름방학 때 동네 소꿉친구들과 만나며 원래의 자신을 기억해 냈다.

'절대 어두워지고 싶지 않아. 이런 놈들이 내 인생을 바꾸게 둘 수 없어. 되받아치고 싶어' 하고 오기를 부리며 애써 밝게 행동했다.

하지만 아무리 밝게 행동해도 해결하지 못하는 난제가 있었다. 바로 가족의 걱정이다. 이시카와는 5인 가족의 장남으로 여동생이 둘 있었다. 파트타임으로 일하는 엄마와 타일 시공 기사 아빠를 둔, 아파트 단지에 사는 지극히 평범한 가족이었다. 이제까지 반에서 잘 지내지 못

---

* 프리저의 유명한 대사 "제 전투력은 오십삼만입니다"를 패러디한 것.
** 『드래곤볼』의 캐릭터로 프리저의 부하.

했다는 사실을 당연히 가족들에게 이야기한 적 없었고, 어깨에 아무리 멍이 들어도 여동생들에게 들키지 않도록 욕실에 들어가며 숨겨왔다. 그러나 이 탈모증은 달랐다. 더는 숨길 도리가 없었다.

일주일에 두 번 엄마와 병원에 가서 피를 뽑거나 여러 가지 검사를 받은 뒤 약을 탔다. 머리 세포가 모근을 자극해 모근이 죽는 것을 방지하기 위해 바르는 약이었다. 약은 피부에 일부러 염증을 일으켜 진물이 나게 해서, 공격성 있는 세포의 관심을 그쪽으로 돌리는 역할을 했다.

이 약은 번거롭게도 직접 바를 수 없었다. 그래서 욕실에서 매일 엄마가 발라줬다. 이렇게 어린 나이에 머리가 벗겨져 버렸다는 충격도 당연히 있었지만, "〈인생 게임〉이라는 보드 게임으로 치면 지금 절대 멈추기 싫은 칸인 거지" 하고 웃으며 가족에게도 꿋꿋한 척을 했다.

그러나 어느 날 밤 엄마가 욕실에서 약을 발라주던 중 머리 위로 눈물이 뚝뚝 떨어졌다. 엄마가 울고 있었다. 태어나서 처음 보는 엄마의 눈물이었다. 언제나 밝고 강

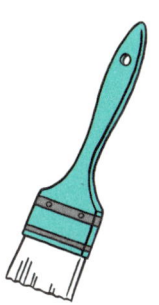

인하며 짓궂은 농담도 잘 던지던 엄마가 "왜 네가 이런 일을 겪어야 해?" 하고 절규했다. 태어나서 처음 보는 엄마의 우는 얼굴, 그리고 두피로 직접 느껴지는 눈물에 이시카와는 마음이 무너졌다. 어느새 이시카와의 눈에서도 눈물이 흘러나왔다.

분해서, 너무도 분해서 눈물이 멈추지 않았다. 이제껏 애써 외면해 온 괴로운 감정이 전부 쏟아져 나왔다. 평소에는 끝도 없이 밝은 엄마의 눈물에 지금까지 꼭꼭 닫아둔 마음의 뚜껑이 열렸다. 여동생들과 아빠도 걱정하고 있었다. 진솔한 감정도 쏟아져 나왔다. 그때 처음으로 자기 마음에 솔직해질 수 있었다.

당연하다는 듯이 얻어맞고 탈모증이 생겨도 타고난 명랑함으로 웃으며 지냈다. 웃고 또 웃고....... 하지만 더는 웃을 수 없어졌다. 엄마가 울었기 때문이다. 이건 웃을 수 없었다. 가족들 앞에서 처음으로 엉엉 울었다. 처음으로 울면서 엄마한테 말했다.

"나한테 왜 이러는 거야? 머리카락도 빠지고, 친구도

못 사귀고. 내가 그렇게 나쁜 애도 아닌데, 대체 내가 뭘 했다고. 응? 내가 뭘 했어, 엄마. 뭘 했냐고!"

억울해서 눈물이 멈추지 않았다. 엄마는 "그러니까 학교 안 가도 돼"라고 말했지만 이시카와는 "아냐, 그건 싫어. 이렇게까지 당하고 진 것처럼 끝나는 건 싫어. 학교는 꼭 갈 거야"라고 대꾸했다.

왜 이런 지극히 평범한 엄마와 아들이 그런 놈들 때문에 울어야 하는 걸까. 한바탕 울고 나서 정신을 차려보니 더는 눈물이 나오지 않았다. 이시카와는 엄마에게 "난 슬프지 않아. 분한 거지. 그러니까 우는 건 이제 그만할래. 앞으로 어떻게든 할 거야"라고 말했다.

두 살 아래 여동생은 오빠를 걱정하는 듯했지만 여섯 살 아래 여동생은 오빠의 결의 표명에 "원래의 오빠다!" 하고 천진하게 장단을 맞춰줘서 무거웠던 분위기가 확 풀렸다.

이시카와는 그날 밤 진지하게 지금의 상황을 어떻게 헤쳐 나갈지 고민했다. 그리고 만약 헤쳐 나갈 수 있다면

이 경험을 살려 선생님이 되자고, 그리고 그 이야기를 책으로 써서 학생들에게 전해주자고, 그렇게 생각하며 잠자리에 들었다.

제11화

이번 판은
내가 깐다

이시카와는 엄마의 눈물을 보고 결연히 일어나, 그대로 밤을 지새우며 집단 괴롭힘에서 벗어날 방법을 궁리했다.

가을이 되면 호시노 고등학교에서는 모든 학년의 학급에서 연극 공연을 올려 명예로운 상을 다투는 커다란 행사가 열린다. 이름하여 '문극제'다. 호시노 고등학교는 문극제에 힘을 쏟고 있어서 다른 학교에서도 꽤 많은 관객이 몰려들 만큼 유명한 축제다. 문극제에서 우승하면 그 반은 학교에서는 물론 동네 전체에서도 단번에 유명

해질 정도여서, 슈퍼마리오 게임으로 치면 별을 딴 상태가 되는 셈이다.

문극제 관련 아이디어와 연극 주제는 모두 함께 학급회의에서 내놓고 정하는데, 실은 구로카와가 괴롭힘의 일환으로 "문극제 연극 구상을 전부 이시카와한테 짜오라고 하자"라는 농담을 그전부터 쭉 하고 있었다. 이시카와가 생각해 낸 방법은 구로카와의 이런 괴롭힘에 일부러 응하는 것이었다.

구로카와가 대본을 쓰라고 하면 짐짓 받아들이면서 "좋은 걸 쓰면 채택해 줘" 하고 큰 내기처럼 만들어 버리는 작전이었다.

이시카와는 체육 대회나 문화제 같은 학교 행사의 영향력을 잘 알고 있었다. 코미디를 좋아하는 이시카와는 중학교 3학년 때 자기 아이디어로 창작 콩트를 선보인 적이 있었다. 그때 깨달은 사실은 '축제 때는 누구에게나 친구 그룹에 들어갈 기회가 있다'라는 것이다.

이시카와는 그 작전을 생각해 낸 날부터 매일 밤을

새우며 콩트의 씨앗이 될 설정을 최대한 짜냈다. 재미있고 말고와는 별개로 지금 자신이 집단 괴롭힘에 맞설 수 있는 무기는 이것밖에 없었다. 그리고 그 상상이 현실이 될 날이 왔다.

구로카와 일당이 평소처럼 복도에서 이시카와의 어깨에 한바탕 주먹질을 한 뒤, "문극제에 올릴 작품, 네가 혼자 구상 짜온다며?" 하고 빈정댔다. 그러면서 고바야시가 "할 수 있겠냐, 이런 찐따 새끼가" 하며 비웃었다.

평소라면 그 말에 고개를 끄덕이며 한심하게 웃었겠지만, 이시카와는 진지한 얼굴로 "해볼게!" 하고 말했다. 그러자 웃고 있던 구로카와가 "진짜지? 방금 한다고 했다. 다시 말해봐" 하고 다짐을 뒀다. "내가 전부 짤 테니 맡겨둬." 이시카와가 다시 한번 확실하게 말하자 구로카와 일당은 교실로 들어가 "놀랍게도 올해 문극제 연극은 이시카와님이 혼자서 다 구상하신답니다. 발표 기대해 주세요~!" 하고 심술궂게 외쳤다. 반 아이 중 몇 명은 웃었지만 대부분 '또 이시카와인가....... 괜찮을까? 궁지에 몰린 나머지 세상을 등지지는 말아줘'라는 듯한 어두운 분위기에 휩싸였다. 하지만 이시카와에게는 겨우 찾아온 기회였다.

'걱정해 주는 모두들, 괜찮아. 이번엔 내가 깐 판이니까. 기다려 줘.'

이시카와는 그렇게 마음속으로 결의를 다졌다. 이리하여 구로카와와의 도박 같은 대결은 현실이 되었다.

이렇게 된 이상 하는 수밖에 없다. 집으로 돌아와 다시 공책을 펼쳤다. 그대로 책상에 달라붙어 초등학교와 중학교 때 익혀온 코미디 노하우를 바탕으로 콩트와 개그 소재를 마구 쏟아냈다. 말하자면 이 콩트 하나로 인생이 바뀔 수도 있으니, 입장만 놓고 보면 프로 개그맨과 그리 다르지 않았다.

신들린 듯한 집중력으로 몰입하다 보니 어느덧 아침이 되었지만 신기하게도 이시카와는 전혀 피곤하지 않았다. 마음속에 목표가 생기자 개운해진 것이다. 아침 바람이 상쾌하게 느껴졌다. 학교를 향해 자전거 페달을 밟는 이시카와의 머릿속에서는 오사카 록밴드 우루후루즈의 노래 〈웃을 수 있다면〉이 흐르고 있었다.

"어쨌거나 웃을 수 있다면, 마지막에 웃을 수 있다면, 한심한 귀갓길, 하하하 웃을 수 있다면" 하고 흥얼거리며, 후렴은 "대머리라도 웃을 수 있다면"으로 가사를 바꿔 부르기도 했다. "마지막에 웃을 수 있다면." 지금 상황에 딱 맞는 노래였다.

그 뒤로도 피부과 치료를 받으면서 집에 오면 밤마다 책상에 달라붙어 콩트 설정을 짜냈다. 그러던 중 유력한 후보작이 될 콩트 설정이 하나 완성되었다. 바로 〈리얼 모모타로〉라는 콩트였다.

원래 일본의 전래 동화 〈모모타로〉에서는 할머니가 강에서 주워 온 복숭아를 할아버지와 함께 갈랐더니 그

• 복숭아에서 태어난 소년 모모타로가 개, 원숭이, 꿩을 부하로 삼아 도깨비를 물리쳐 마을에 평화를 되찾아 주는 이야기. 국내에서는 〈복숭아 동자〉로도 알려져 있다.

속에서 아이가 태어나 '모모타로'라고 이름 붙이며 이야기가 시작된다. 하지만 이시카와가 만든 콩트 〈리얼 모모타로〉는 주워 온 복숭아에서 아이가 태어나자 할아버지가 자연스레 할머니의 불륜을 의심한다는 설정이었다. '복숭아에서 아이가 태어날 리 없다'라는 당연한 상식을 집어넣은 콩트였는데, 그 뒤 일행으로 탐정, 변호사, 회계사 등이 등장해 우스꽝스러운 방향으로 이야기가 전개된다. 이 콩트가 앞으로의 3년을 구원할 돌파구가 될 수도 있다.

하지만 문제는 이 콩트의 재미를 어떻게 반 아이들에게 전달하느냐였다. 학교 서열 최하위인 상태로 학급회의 때 발표해서 모두의 지지를 받아야 한다. 이것이야말로 가장 큰 과제였다.

이시카와는 매일같이 그런 고민을 하며 평소처럼 오아시스에서 도시락을 먹었다. 그즈음 오아시스에는 조금 떨어진 곳에서 홀로 도시락을 먹는 남학생이 생겼다. 이시카와와 같은 반인 야마이라는 아이였다.

야마이는 미술부라서 집단 따돌림을 당하지는 않았지만 반의 활기찬 분위기에 녹아들지 못해 겉도는 상태였다. 하지만 표정이 상냥해 보여서 이시카와는 분명 좋은 녀석일 거라고 짐작하고 있었다. 그러고 보니 체육 대회 릴레이 선수를 정할 때 손을 들어서 어떻게든 이시카와를 도와주려고 했던 것도 야마이였다.

며칠 동안은 서로 마주쳐도 모른 척했지만, 어느 날 야마이가 먼저 다가와 말을 걸었다. "이시카와, 탈모는 나을 수 있는 거야?" '갑자기 그런 걸 물어보다니!'라고 생각했지만, "아마 나을 거야!" 하고 밝게 대답했다.

그때부터 두 사람의 대화가 봇물 터진 듯이 시작되었다. 오랜만에 도시락을 먹으며 누군가와 이야기를 나누었다. 한동안 잊고 있었는데, 친구와 함께 보내는 점심 시간이 이렇게 즐겁다는 사실이 야마이 덕분에 다시 생각났다. 이시카와는 야마이와 이야기하는 게 즐거워서 오아시스에 갔고, 야마이도 오아시스가 마음에 들었는지 매일 둘이 함께 도시락을 먹었다.

야마이도 코미디를 좋아해서 1980년대 초반에 유행한 만담처럼 오래된 코미디까지 잘 알고 있었다. 국민 MC 다모리 하면 대개 예능 프로그램 〈웃어도 좋고말고!〉를 떠올릴 테지만, "다모리는 4개 국어 마작*이지" 같은 옛날 개그로도 둘이서 흥겨워했다.

어쩌면 문극제 콩트 구상에 대해 이야기할 수 있을지도 몰라. 이시카와는 그런 생각이 들었다. 그리고 '이 애라면' 하는 마음으로 야마이에게 아직 절반밖에 완성되지 않은 〈리얼 모모타로〉의 구상을 단숨에 털어놓았다. 그러자 야마이는 예상했던 것보다 몇 배나 더 크게 웃어주었다.

이시카와는 왠지 눈물이 날 것 같았다. 처음으로 이 학교에서 친구를 웃겼다. 처음으로 누군가가 인정해 줬다. 오랫동안 힘들었지만, 믿을 수 있는 친구 하나가 존재

---

* 다모리가 4개 국어를 엉터리로 흉내 내며 1인 4역으로 마작을 하는 개그.

하기만 해도 이렇게 인생이 바뀌는구나 싶을 정도로 풍경이 환해졌다.

야마이는 "그거, 학급회의 때 발표해서 채택받자! 구로카와가 어떻게 방해하든 난 너한테 한 표 던질게"라고 말해주기까지 했다. 어쩌면 가장 큰 과제였던 발표가 어떻게든 될지도 모른다. 무엇보다 지금 열정적인 동료가 합세했다. 문극제 발표는 다음 주로 다가와 있었다.

제12화

좋았어,
지금이다

대화를 나눌 수 있는 친구가 하나 있으면 이렇게까지 인생이 밝아지나 싶을 정도로 이시카와는 학교에 가는 것이 즐거워졌다. 그리고 무엇보다, 이제는 혼자가 아닌 둘이서 '문극제에서 이 상황을 뒤집겠어'라는 목표를 향해 나아가고 있었다.

이건 굉장한 일이었다. 〈드래곤 퀘스트〉 같은 롤플레잉 게임에서도 동료가 한 명이라도 늘면 모험의 폭이 훨씬 넓어진다. 딱 그런 느낌이었다.

운명은 문극제 아이디어를 발표하는 학급회의 시간

에 갈린다 해도 과언이 아니었다. 거기서 이시카와는 마틴 루터 킹 같은 명연설을 해내야 했다. 반에서 최하위 계급으로 취급받는, 게다가 프리저처럼 대머리가 된 자신의 아이디어 같은 게 그리 간단히 통과될 리 없었다.

오아시스에서 야마이를 상대로 몇 번이나 〈리얼 모모타로〉 발표의 예행연습을 했다. 발표에서 가장 강조하고 싶은 건 '창작 각본'이라는 점이었다. 각 학년에서 대체로 네 학급 정도가 문극제에 연극을 올리는데, 1학년 중 나머지 세 반은 모두 예년처럼 드라마나 뮤지컬을 패러디하거나 그대로 재현하는 작품을 준비하는 듯했다.

애초에 구로카와는 이 내기에 관심이 없었으니 이시카와의 안을 채택할 마음이 눈곱만큼도 없었다. 자기 아이디어로 문극제 연극을 만들어 보겠다는 이시카와의 말에 그러라고 한 것은 오로지 '망신을 주자'라는 생각 때문이었다.

실제로 이 반에서 권력을 쥐고 있던 구로카와가 학급회의 때 인기 TV 드라마를 재현하는 작품을 밀 계획이었다는 사실을 이시카와는 나중에야 알았다. 이시카와는 그것을 극복하고 백지부터 새로 짠 콩트가 얼마나 대단한지 반 아이들이 느낄 수 있게 만들어야 했다. 이것이 가장 큰 난관이었다. 시작은 괴롭힘이었지만 모두 앞에서 공평하게 말할 수 있는 마지막 기회였다. 반드시 성공시켜야 했다.

마침내 운명의 학급회의 시간이 되었다. 학생들의 자율에 맡기기 위해 아라카와 선생님이 복도로 나가자 반장과 서기가 앞으로 나와 모두의 아이디어를 받기 시작했다. 다양한 제안이 마구 날아들었다. 〈포켓몬〉이나 〈원피스〉 같은 애니메이션을 비롯해 뮤지컬, 영화 〈타이타닉〉과 〈시스터 액트〉 등 누구나 아는 작품의 이름이 칠판에 줄줄이 적혔다. 그러나 여기서 조급해지면 안 된다. 이시카와의 콩트는 차분히 설명하지 않으면 전달되지 않을 것이다.

'서두르지 마, 서두르지 마.'

멀리 떨어진 자리에 앉아 있던 야마이도 눈을 맞추

며 '아직이야'라는 표정을 지었다.

그러던 중 무대의 피날레를 장식하는 대스타처럼 숙적 구로카와가 화려하게 나섰다. 교탁 앞으로 나가더니 커다란 글씨로 '꽃보다 남자'라고 적었다. 이시카와에게는 최악의 흐름으로 반 전체가 흥분했다. 잘나가는 여학생 그룹도 누가 여주인공을 맡을지 신나게 이야기하기 시작했다. 큰일이다. 분위기가 완전히 〈꽃보다 남자〉 쪽으로 기울었다.

구로카와는 마침내 마지막 말을 던졌다. "그럼 이걸로 결정해도 되겠지?" 아이들은 대부분 박수를 치고 있었다. 끝장이다. 발표 기회조차 얻지 못하다니....... 그렇게 이시카와가 절망하고 있을 때 한 남학생이 손을 들고 말했다.

"잠깐만. 소문으로는 1학년 2반이랑 4반도 〈꽃보다 남자〉를 한다던데!"

이시카와는 속으로 외쳤다.

'좋았어!!!!!!'

반 전체에 찬물을 끼얹은 듯한 분위기가 흘렀다. 다른 반과 겹친다는 말을 듣고도 마음이 내킬 사람은 없다. 구로카와도 벌레 씹은 표정이었다. 회의는 완전히 원점으로 돌아갔다. 교실이 침묵에 휩싸인 순간, 야마이가 나섰다. 자리에서 벌떡 일어나 덜덜 떨리는 목소리로 힘없이 말했다.

"이시카와가 창작 콩트를 짜왔어."

반 전체가 술렁거렸다. 모두가 이시카와를 쳐다봤다. 구로카와가 "그러고 보니 이시카와가 각본을 써준다고 했지. 다들 기대하자고" 하며 구경거리로 만들 분위기를 조성했다. 하지만 이시카와는 "그럼 처음부터 전부 설명할게" 하고 침착하게 말한 뒤 교탁으로 향했다. 앞에 나와 있던 구로카와는 평소와는 다른 이시카와의 단호한 태도에 놀란 눈으로 한 걸음 물러섰다.

이시카와는 칠판에 '리얼 모모타로'라고 적었다.

"어떤 이야기인지 설명할게. 전래 동화 속 모모타로는 복숭아에서 태어나 도깨비를 물리치러 가잖아. 그런

데 이 콩트에서는 일단 할아버지가 복숭아에서 태어난 아이를 보고 할머니가 바람을 피워서 낳은 것 아니냐고 의심하면서 시작해. 그러다가 결국 변호사를 고용하고 법원에서 다투는 등 사실적인 현대식 싸움으로 발전하는 거야."

이시카와는 아주 유창하게 발표를 시작했다. 오아시스에서 야마이를 상대로 몇 번이나 연습했던 노력이 여기서 빛을 발했다. 게다가 순풍도 불었다. 놀랍게도 이야기의 도입부 설정에서 반 아이들 모두가 와르르 웃어준 것이다. 처음으로 이 반에서 자신의 존재가 각인된 기분이었다.

제13화

한 명이면
충분한걸

탈모로 머리가 빠지고 이제 곧 학교를 그만두지 않을까 싶었던 아이가 이렇게나 재미있는 콩트를 짤 수 있다니! 여학생도, 남학생도, 심지어 구로카와의 추종자들과 무엇보다 구로카와까지 그렇게 놀라고 있었다.

학급회의 분위기가 확 달라졌다. 이렇게 된 이상 멈출 수 없어진 이시카와는 콩트 이야기를 거침없이 이어 나갔다.

후반부에 등장하는 건 원래 전래 동화에서처럼 원숭이나 꿩이 아니라 변호사와 회계사이며, 그걸 관객들이 이해하기 쉽게 전체적인 시각으로 바라보며 맥을 짚는 농담을 던져줄 인물도 필요하다고 말했다. 게다가 창작 각본이기 때문에 반 학생 대부분에게 배역이 돌아간다는 장점까지 설명했다.

반 아이들 모두가 얼굴을 마주 봤다. '이시카와가 이런 애였다고? 이런 걸 생각해 낼 수 있는 애를 공기 취급했다니' 하는 마음이 놀라움과 함께 반 전체를 감싸고 있었다. 여학생들의 반응도 꽤 좋았다.

하지만 구로카와가 잠자코 있을 리 없었다. "자, 거기까지" 하며 다시 교탁 앞으로 나가더니, 이시카와가 들고 있던 콩트 원고지를 찢어버렸다.

"이런 대머리가 낸 아이디어로 연극이 되겠냐? 다른 걸로 해. 난 장난으로 이시카와한테 시켜본 거라고. 이 새끼가 짠 콩트 같은 걸 우리가 왜 해?"

그렇게 말하며 이시카와 쪽으로 향해 있던 분위기의 흐름을 억지로 끊어냈다. 여기서 이시카와의 콩트가 채택되면 이 반에서 이시카와는 확실하게 인정받게 된다.

그건 구로카와에게 두려운 일이었다. 이시카와를 괴롭히며 이 반에서 지위를 쌓아온 것이나 마찬가지였기에, 여기서는 억지로라도 그 콩트를 짓밟고 싶었다.

그런데 한 여학생이 마침내 입을 열었다.

"이제 그만 좀 해. 이시카와 대본으로 하고 싶어!"

생각해 보면 이 아이는 체육 대회의 반 대항 릴레이 선수를 뽑을 때도 이시카와 편을 들어준 적이 있었다. 그렇다, 반에서 몇 명은 남을 괴롭히며 자신의 권력을 과시하는 구로카와의 행동에 질려 있었던 것이다.

하지만 귀찮은 일에 휩쓸리기 싫고 용기도 나지 않았다. 그 한 걸음의 용기를 쥐어짜 내준 것이 야마이와 이 여학생이었다. 짧은 머리에 털털하고 시원시원한 성격을 지닌 이 여학생의 이름은 고모리였다. 그 말을 도화선 삼아 야마이도 다시 나섰다.

"이시카와는 머리가 다 빠지고 있는데도 오늘을 위해 계속 열심히 준비했어. 제발 기회를 줘."

머리를 숙이며 말하는 야마이의 목소리는 떨리고 있

었다. 고등학생이 다른 사람을 위해 나서는 데는 대단한 용기가 필요할 것이다. 두려움과 뜨거운 마음이 뒤섞여 야마이는 조금 울고 있었다. 그 모습을 보고 학급의 분위기가 하나로 뭉쳐졌다.

"〈리얼 모모타로〉로 하자." "〈리얼 모모타로〉로 해." 모두가 입을 모아 그렇게 말했다. 마침내 반장이 "그럼 〈리얼 모모타로〉로 결정!" 하고 손뼉을 치며 말했다. 구로카와의 측근 몇 명 빼고는 모두가 박수를 쳤다.

선생님은 교실로 들어와 이 결과에 놀라면서도 진심으로 기쁜 듯이 "축하한다. 잘 해냈어!" 하며 이시카와의 어깨를 두드렸다. 선생님도 이시카와를 몹시 걱정하고 있었지만 이 상황을 어찌하지 못해 속이 탔을 것이다.

이시카와의 눈에서 눈물이 흘러 넘쳤다. 그 눈물은 문극제 연극으로 자기 콩트가 채택되었기 때문에 나온 것이 아니었다. 야마이가 눈물을 글썽이며 반 아이들 앞에서 머리를 숙여줬기 때문이었다. 야마이는 이시카와에게 "축하해"라고 말하고 있었다.

'아냐, 야마이. 네 덕분이야. 네가 있어줬잖아.'

이시카와는 속으로 그렇게 중얼거리며 눈물을 멈출 수 없었다.

'그래, 이게 친구구나. 많든 적든 상관없어. 한 명이면 충분해. 가슴 펴고 친구라고 부를 수 있는 사람이 한 명만 있어도 이렇게 인생이 밝아지는구나.'

따스한 기분이 온몸에 퍼져 눈물로 흘러나왔다.

'야마이랑은 일흔 살이 돼서도 친구로 지내자.'

그렇게 생각했던 귀중한 순간이었다. 그리고 드디어 문극제 준비가 시작되었다. 반 분위기가 확연히 달라졌다. 드디어 이시카와는 이 반의 일원이 된 기분이었다. 이시카와의 뜨거운 마음이 마침내 반 아이들에게로 번진 것이다.

제14화

어라,
동료가 한 명
더 생겼네요

　야마이와 고모리의 용감한 행동도 한몫 거들어 이시
카와는 문극제 발표에서 기적적으로 승리를 거뒀다. 이
제부터 본 공연까지 이시카와는 리더 역할을 하며 반을
이끌 터였다. 지금껏 주눅 들어 지내던 이시카와에게는
꿈만 같은 일이었다.

　일단 〈리얼 모모타로〉의 주요 배역을 정하는 작업부
터 시작했다. 주인공은 누구로 할까? 이건 야마이에게 맡
기고 싶었다. 이시카와는 대본 아이디어를 내는 것만으
로 충분했고, 또 자신이 주인공을 맡으면 공연 도중 구로

카와나 고바야시에게 무슨 짓을 당할지 모른다. 게다가 머리가 벗겨진 이시카와가 나서면 의도치 않은 웃음이 터져서 정작 웃음을 사야 할 캐릭터를 방해할 수도 있다.

그런 사정으로 야마이가 주인공 할아버지 역할을 맡기로 했다. 또 다른 주요 배역은 할머니였다. 대사도 많고 망가지는 장면도 제법 되어서 난도가 높았던 탓에 아무도 선뜻 손을 들지 않았다. 그때 뜻밖에도 고모리가 "내가 해도 돼"라고 말해줬다. 조금 수줍어하면서 "내가 추천한 작품이니까, 아무도 안 한다면 내가 해볼게"라고 지원해 준 것이다.

이시카와는 위기였다. 고모리를 금세 좋아하게 될 것만 같았다. 하지만 지금 같은 대머리로는 사랑에 빠질 상황이 아니니 얼른 냉정을 되찾았다. 그 뒤 조력자 역할인 변호사와 회계사 등도 차례로 정해졌다.

이 학급회의에서 구로카와 일당은 연극과 관계없는 이야기를 하며 캐스팅 관련 토의에 전혀 참여하지 않았다. 역시 이시카와가 주도하는 콩트가 마음에 들지 않는 모양이었다.

그런데 며칠 동안 상황을 지켜보던 구로카와 일당은 "아무것도 안 하면 내신 점수 까이잖아. 무대 장치면 네 얼굴을 안 보고 작업할 수 있으니까 그거 시켜줘" 하고 의외로 먼저 제안해 왔다. 이시카와는 가슴을 쓸어내리며 안도의 한숨을 내쉬었다. 구로카와와 계속 대립하며 문극제를 준비하면 방해받을 게 뻔했기 때문이다. 이시카와는 흔쾌히 구로카와 일당을 무대 장치 담당으로 배치했다. 하지만 이때는 이 선택이 뒷날 엄청나게 골치 아픈 사건을 불러일으킬 줄 까맣게 모르고 있었다.

조명 담당 등도 정해지고 드디어 가장 중요한 역할만 남았다. 바로 음향 효과 담당이었다. 이시카와는 '콩트나 연극의 완성도를 좌우하는 건 분명 음향 효과야'라고 생각했다. 소리를 내는 타이밍 하나로 개그를 친 뒤 의도적인 정적을 만들거나 관객의 웃음에 직접적으로 큰 영향을 줄 수 있기 때문이다.

실제로 이시카와의 대본에는 복숭아를 자르는 소리

에 맞춰 할머니가 할아버지를 썰거나 손날로 물을 정확히 양쪽으로 가르는 등 소리로 직관적인 웃음을 만드는 장면이 많았다.

이 중요한 역할을 자신이 할 수 있다면 좋겠지만, 이시카와는 무대 뒤에 설치된 마이크로 개그를 치는 큰 임무도 맡았다. 말하자면 '내레이션 개그'인데, 모두의 어리숙한 행동에 핀잔을 주며 웃음을 사는, 이 또한 몹시 어려운 역할이었다. 요컨대 배우는 어리숙하게 구는 듯이 보이지만 실은 전부 개그의 씨앗을 뿌려놓는 역할이고, 그것을 내레이션과 음향으로 지적하며 웃기는 구조였다.

그때 "나 음향을 맡고 싶어"라고 말하는 용사가 나타났다. 방송부의 '모리키 군'이었다. 모리키 군은 몸집이 작고 두꺼운 안경을 썼으며, 쉬는 시간에는 아무와도 대화하지 않고 이어폰을 꽂은 채 오로지 AM 라디오를 들으며 히죽거리는 학생이었다. 또 도서관에 가면 내내 컴퓨터만 만졌다. 누구와도 딱히 교류가 없어서 다들 '좀 이상한 애다'라고 생각하는 타입이었지만, 이시카와는 바로 그런 괴짜에게 큰 역할을 맡길 수 있다고 생각했다. 다들 음침하다고 놀리는 사람에게는 특화된 개성이 있다는 사실을 어릴 적부터의 경험을 통해 알고 있었기 때문이다.

이리하여 가장 중요한 음향 담당자는 모리키 군으로 정해졌다. 방과 후 모두가 돌아간 교실에서 이시카와는 곧바로 모리키 군과 회의에 돌입했다. 왠지 학급의 정상회담 같아서 흥분되었다.

한편으로는 구체적인 타임라인도 역산해야 시간에 맞출 수 있었다. "이날까지는 이 장면이랑 이 대목을 연습하고 싶으니까 천둥소리랑 〈라이온 킹〉 음향, 강물 효과음을 준비해 줘"라고 모리키 군에게 부탁했다. 대략 일주일쯤 걸릴 거라고 예상했는데, 놀랍게도 모리키 군은 바로 다음 날 자료를 전부 모아왔다. 심지어 천둥소리만 해도 네 가지 버전이나 되었고, 직접 컴퓨터로 편집한 소리를 샘플로 들을 수 있도록 준비해서 가져와 줬다.

모리키 군은 이 콩트와 관계없이 원래부터 취미로

방과 후 매일 츠타야*의 음반 코너에 들러서 여러 가지 효과음을 컴퓨터에 저장하거나 팝송의 재미있는 부분을 잘라내 비트로 만들고 있었다.

그렇다. 솔직히 말해 얕보고 있었지만 모리키 군은 '츠타야의 마술사'였던 것이다. 모리키 군은 그 음원을 들려준 뒤 씨익 웃으며 "소리라면 나한테 맡겨줘. 그리고 '모리키 군'이 아니라 '모리키'라고 불러줘"라고도 말했다. 이시카와는 무심결에 모리키와 악수를 나누었다.

이리하여 츠타야에서 얻을 수 있는 온갖 음원을 자유자재로 다루는 마술사가 동료로 합류했다. 이시카와, 야마이, 그리고 모리키. 〈드래곤 퀘스트〉로 치면 용사, 승려, 마법사가 모인 셈이다. 고모리가 있어주는 것도 든든했다. 게다가 기쁘게도 무대 장치 팀이 가장 손이 많이 가는 배경 세트 제작을 엄청난 속도로 진행하고 있었다.

---

* 책, 음반, 문구 등을 취급하는 체인점 브랜드로 중고 CD를 대여·판매하기도 하고 음악을 들을 수 있는 공간도 마련되어 있다.

구로카와의 지휘 아래 대량의 페인트로 그림을 칠하는 작업이나 나무와 종이로 장지문을 조립해 만드는 작업 등 고등학생이 하기 힘든 일까지 모두들 힘을 합쳐 몹시 빠르게 소화해 나갔다.

이시카와는 학교에서 열리는 행사에 대해 고마움을 뼈저리게 느꼈다. 그전에는 준비 회의에도 참석하지 않던 구로카와 일당까지 이제 같은 방향을 바라보고 있었다. 이 연극이 성공해서 상이라도 타면, 그때야말로 모두와 완전히 친구가 될 수 있을 것 같아서 가슴이 뛰었다. 이시카와는 이 콩트를 반드시 성공시키겠다며 의욕에 불탔다. 하지만 사실 수면 아래에서는 불길한 소리를 내며 어떤 계획이 진행되고 있었다는 사실을, 이때 이시카와는 아직 알지 못했다.

제15화

배신은
조용히 찍힌다

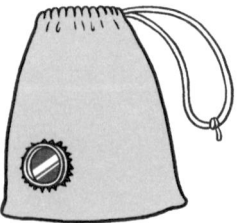

이시카와는 학교에 가는 것이 너무나 즐거워졌다.

　가족들도 예전보다 밝아진 이시카와의 모습에 한시름 놓았다. 엄마가 할아버지와 전화하는 것을 엿들어 보니 할아버지와 할머니도 많이 걱정했던 모양이었다.

　한편 약의 부작용으로 머리에서 비듬이 잔뜩 떨어져 나오기 시작해서, 이 무렵부터는 어쩔 수 없이 니트 모자를 계속 쓰고 있었다. 가게에서 산 기성 제품이기는 해도 엄마가 자수로 '파이팅'이라고 수놓아 준 특별한 니트 모자였다. 부끄러웠지만 내심 기뻤다.

학교생활도 예전과는 완전히 달라졌다. 일단 교실에 들어가면 모두가 "안녕" 하고 인사해 준다. 그러면 이시카와도 "안녕" 하고 마주 인사한다. 이런 일상적인 일에 가슴이 뭉클해졌다. 게다가 다들 "그 장면은 어떻게 하면 돼?" "있잖아, 소도구가......" "이 대사는 어떤 느낌으로 말해야 할지 모르겠는데, 수업 끝나고 같이 연습해 줄래?" 하는 식으로 이시카와를 학급의 일원으로 대하며 계속 말을 걸어왔다. 이 문극제 기간만큼은 오히려 이시카와를 중심으로 반이 돌아가고 있었다.

이제 반 아이들에게는 그동안 이유 없이 거리를 뒀던 이시카와에게 묻고 싶은 것이 산더미처럼 생겨나 있었다. 도시락도 모두와 함께 먹을 수 있는 분위기가 진작 만들어졌지만, 이시카와는 굳이 모리키를 불러내어 야마이까지 셋이 모여 오아시스에서 먹었다.

그들 사이에는 진짜 친하다는 느낌이 존재한달까, 다른 친구들과 신뢰의 정도가 달랐다. 반에서 공기 같은 존재였을 때부터 친구가 되어준 야마이. 그리고 지금 가장 중요한 음향 관련 논의나 대화를 할 수 있는 모리키. 이렇게 셋이 함께 있는 시간이 최고로 편했다.

하지만 이 분위기는 곧 조금 바뀌었다. 얼마 뒤 오아시스 멤버로 고모리가 합류한 것이다. 고모리는 남학생 무리에 섞이는 것이 아무렇지 않은 타입이었고, 위아래로 남자 형제가 있어서인지 좀 어른스러운 느낌도 풍겼다. 콩트에서 무척 중요한 할머니 역할을 맡아서 의논할 사항이 많은데, 농구 동아리 활동도 바빠서 함께 도시락을 먹게 되었다.

그런 나날을 보내던 중 작은 변화가 일어났다. 모리키, 야마이, 이시카와가 셋 다 조금씩 폼을 잡기 시작한 것이다. 고모리가 있을 때면 살짝 긴장하며 멋있는 척을 하는 통에 고등학생 남자애들이 이성에 대해 얼마나 면역이 없는지 노골적으로 드러났다. 달콤 쌉싸름한 회의 시간이 오아시스에서 흘러갔다. 그런 분위기 속에서 고모리는 폼 잡고 있는 세 사람을 전혀 신경 쓰지 않은 채 그저 자신의 개그 연기를 꼼꼼히 확인할 뿐이었다.

다들 점점 대사가 입에 붙어가던 중 본 공연이 열리는 체육관에서 리허설을 진행하게 되었다. 본 공연 전 리허설은 한 번뿐이라서 매우 귀중한 기회다. 다들 진심을 다해 대사를 말하고 콩트 동작을 정교하게 연기했다.

그중 가장 중요한 것은 무대 세트 점검이었다. 학생들이 만들었다지만 나무와 종이로 근사하게 제작한 세트가 그곳에 서 있었다. 콩트의 박력을 몇 배로 끌어 올려주는 이 중요한 작업을 구로카와 일당에게 거의 내맡겼기 때문에, 솔직히 말해 어떻게 될지 불안했다. 하지만 그 걱정은 기우였다. 체육관에 서 있는 무대 세트는 훌륭했다. 배경도 완벽해서 한정된 시간 안에 만든 평면 그림치고는 묘하게 박력 넘쳤고, 혼신의 힘을 다했다는 것이 만듦새에서 느껴졌다.

이시카와는 리허설 결과를 모두에게 전했다.

"틀림없이 성공할 거야. 특히 무대 장치팀 작품이 대단하더라. 취미용 목공 도구로 저렇게 근사하게 만들어주다니, 진짜 고마워."

구로카와 일당은 모두에게 박수를 받았다. 구로카와도 영 싫지만은 않은 기색이었다.

이시카와는 학교에 가는 것이 더더욱 즐거워졌다. 이 시간이 끝나지 않았으면 했다. 이대로 쭉, 모두와 함께 문극제를 준비하고 싶었다. 진심으로 그렇게 생각했다.

그런데 어느 날 아침 큰 사건이 벌어졌다. 평소처럼 교실에 들어갔더니 아침 일찍부터 문극제를 준비하는 학생들이 모여 있었다. 하지만 연습하는 게 아니라 다들 가만히 서서 무언가를 계속 논의하고 있었다. 이시카와가 온 것을 알아차린 학생 하나가 "이거……" 하며 무언가를 가리켰다. 그 손끝에는 참혹한 광경이 펼쳐져 있었다. 무대 세트가 엉망진창으로 부서져 있었던 것이다. 얼마 전까지만 해도 그렇게 대단한 존재감을 내뿜고 있었는데…… 세트의 배경 그림을 그려둔 모조지가 갈기갈기 찢겼고, 나무틀도 나사가 빠져 있었다.

머릿속이 새하얘졌지만 왜 이렇게 되었는지 아무도 이유를 모르는 눈치였다. 그야말로 패닉 상태였다. 그 뒤

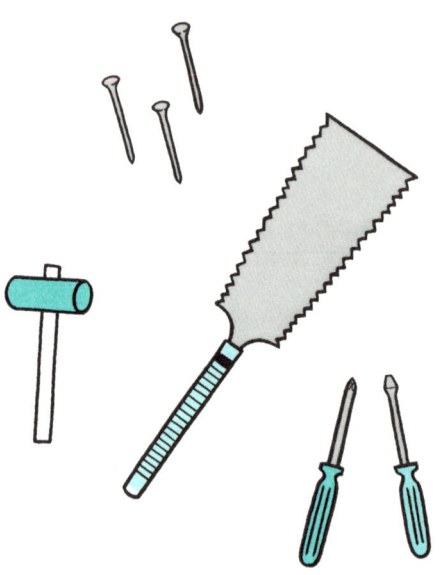

모리키와 야마이도 와서 이 참상을 목격했다. 모리키는 평소라면 절대로 내지 않을 커다란 소리로 "으악!" 하고 외쳤다. 충격이 어지간히 컸던 모양이다. 야마이는 그 자리에 우두커니 서서 아무 말도 하지 못하고 있었다. 어딘가 먼 곳을 바라보는 듯한 눈이었다.

세 사람은 곧바로 긴급회의를 열었다. 일단은 범인을 찾아야 했다. 이런 짓을 누가 했는지 깊이 생각해 보지 않아도 금세 짐작이 갔다. 아마 구로카와일 것이다. 하지만 구로카와는 이 무대 세트를 만든 장본인, 말하자면 무대 세트 팀의 중심인물이었다. 자기 작품을 자기 손으로 부수는 일류 도예가 같은 행동을 구로카와가 했다는 건 도무지 이해가 안 되는 일이었다. 아무튼 이걸 본 구로카와의 반응을 살펴보자고 결론지었다.

구로카와는 조금 늦게 교실로 들어와 뒤쪽에 있던 세트를 봤다. 이시카와와 친구들은 구로카와의 일거수일투족을 자세히 관찰했다. 구로카와는 "뭐야 이거, 엉망이 됐잖아!" 하고 화를 내기는 했지만 살짝 웃는 것처럼 보이기도 했다. 게다가 화를 내는 모습이 왠지 연기처럼 느껴졌다. "야 이시카와, 이거 어쩔 거야. 애들한테 어떻게 설명할 건데!" 구로카와는 그렇게 고함쳤지만, 무언가를 알고 있는 듯한 느낌이 표정에서 풍겨 나왔다. 과연, 이 일의 책임을 이시카와에게 덮어씌워서 연극을 처음부터 망쳐버릴 계획이었나.

진짜 피해자라면 미안한 일이지만, 세 사람은 십중팔구 구로카와가 범인일 거라고 결론을 내렸다. 추궁해볼지 망설였지만 "증거도 없는데 지금 구로카와 짓이라고 단정 짓는 건 너무 위험해. 모처럼 뭉친 반의 팀워크도 무너질 수 있어"라는 야마이의 냉정한 조언에 이시카와는 마음을 접었다. 이럴 때 야마이는 믿음직한 친구였다.

하지만 모리키는 어떻게든 구로카와가 했다는 증거를 잡기 위해 혼자서 꾀를 냈다. 구로카와 일당은 아마도 방과 후 모두가 집에 갔을 때 교실에 숨어서 세트를 부쉈을 테고, 오늘도 이어서 부술 터였다. 그렇다면 그걸 역이용해 작전을 짜자고 모리키는 생각했다.

사실 모리키에게는 오늘도 범인이 이 교실에 나타나리라는 확신이 있었다. 왜냐하면 세트에는 뒤집어서 사용하는 또 다른 모조지 한 장과 복숭아와 칼 등 직접 만든 소중한 소도구도 아직 많이 남아 있었기 때문이다. 확실하게 콩트를 망치고 싶다면 다시 부수러 올 것이 분명했다.

그때를 대비해 모리키는 어떤 장치를 설치했다. 세트와 소도구는 교실 뒤쪽에 보관하고 있었는데, 모리키의 자리에 걸어둔 체육관용 운동화 주머니에 비디오카메라를 넣고 카메라 렌즈가 바깥쪽으로 나오게끔 교묘하게 구멍을 뚫어 세트 쪽만 비추도록 한 것이다. 그렇다, 모리키는 즉석 감시 카메라를 만든 셈이다. 미디어 편집 일을 하는 형 덕분에 모리키는 악당을 응징할 지식과 노하우를 예전부터 잔뜩 가지고 있었다.

이리하여 밤에 세트를 부수는 범인을 잡기 위한 모리키의 작전이 시작되었다. 이시카와는 그런 모리키의 계략은 까맣게 모른 채 다음 날 아침 학교에 갔고, 나머지 세트와 소도구도 모두 엉망으로 망가져 있는 것을 보았다.

이시카와는 절망했지만 모리키가 흥분해 있다는 사실을 곧 알아차렸다. 모리키는 이시카와에게 자신이 덫을 쳐놓았다고 털어놓았다. "이 카메라에 범인이 찍혔어." 이시카와는 깜짝 놀랐지만 일단 영상부터 보기로 했다. 조심조심 녹화된 영상을 재생하자 처음에는 새까만 교실의 모습이 이어졌다. 하지만 모리키가 빨리 감기로 영상을 넘기자 한 남학생이 세트로 다가가는 것이 보였다.

모리키도 이시카와도 곧바로 '역시 구로카와였군' 하고 확신했다. 하지만 찍힌 것이 뒷모습이어서 얼굴은 아직 보이지 않았다. 더 확실하게 얼굴을 보고 싶었다. 세트가 부서지는 영상이 이어졌고, 거기서 다시 빨리 감기를 하자 범인의 얼굴이 선명하게 찍힌 장면이 나왔다. 얼굴은 달빛에 비쳐 완전히 드러났다.

"멈춰봐." 이시카와가 모리키에게 말했고, 두 사람은 그 얼굴이 누구인지 똑똑히 확인했다. 거기에 찍혀 있던 건 믿기 어렵게도 야마이였다.

두 사람은 너무나 큰 충격에 아무 말도 할 수 없었다.

제16화

불쌍한 건
네 쪽이야

이시카와와 모리키는 한동안 입을 다문 채 카메라에서 눈을 떼지 못했다. 분명 구로카와일 거라고 생각하며 몰래 찍은 범인이, 믿고 있던 야마이였기 때문이다.

거짓말이야. 두 사람은 다시 한번 영상을 되감아 확인했다. 역시나 틀림없이 야마이였다. 뭐지, 이게 대체 어떻게 된 일이야? 이시카와와 오아시스에서 처음 만난, 유일하게 이시카와를 지지해 준 친구 야마이가 어째서 문극제 세트를 엉망으로 만든 거지? 이시카와와 모리키의 머릿속은 물음표로 가득했다.

당연한 일이다. 이때 두 사람은 야마이의 과거를 몰랐다. 구로카와와 야마이의 관계는 더더욱 알지 못했다.

이시카와가 얼마 뒤 알게 된 사실인데, 야마이와 구로카와는 사실 같은 동네에서 자란 소꿉친구였다. 옛날부터 특별히 사이가 좋았던 것은 아니지만, 부모님끼리 친해서 자주 서로의 집에 밥을 먹으러 가거나 남동생까지 함께 어울려 놀곤 했다.

야마이는 어릴 때부터 상냥하고 얌전한 아이였다. 구로카와와는 성향이 맞지 않아 단둘이 노는 경우는 없었다. 오히려 구로카와는 야마이를 '어두운 놈'이라며 괜스레 싫어했다. 하지만 둘이 동갑 친구라는 이유로 부모님은 야마이가 중학생이 되어서도 그 모임을 이어갔다.

구로카와의 어머니와 야마이의 어머니는 학교 행사가 있으면 함께 갔고, 구로카와와 야마이의 남동생이 같이 놀 때도 있었다. 이때까지만 해도 주위에서 흔히 보는 평범한 관계였다고 말할 수 있을 것이다. 하지만 둘이 중학교 1학년이 되던 해, 구로카와의 아버지는 일이 잘 풀리지 않아 일자리를 잃었다. 그 후 아버지는 매일 밤 술에 취해 집에서 폭력을 휘두르기 시작했다.

어머니는 폭력을 막으려 아버지와 매일 싸웠고, 남동생은 날마다 울부짖었다. 구로카와는 남동생이 걱정되어 좋아하던 농구 동아리도 그만두어야 했다. 그래도 구로카와는 꾹 참았다. 언젠가 아버지의 일이 또다시 잘 풀리면 평온한 생활이 되돌아올 거라고 믿었다. 하지만 그런 미래는 결국 오지 않았다.

어느 날 구로카와의 어머니가 집에서 고민 상담을 하고 싶다고 해서, 야마이의 어머니는 구로카와의 집으로 갔다. 남편이 폭력을 휘두른다는 충격적인 내용을 듣고, 야마이의 어머니는 "내가 중간에서 직접 얘기해 볼게"라고 했다.

구로카와의 아버지가 집에 오자 야마이의 어머니는 상황을 전해 들었다는 것, 구로카와의 어머니가 자신에게 상담했다는 것을 이야기했다. 그러자 구로카와의 아버지는 이성의 끈을 놓아버린 것처럼 또다시 아내에게

심한 폭력을 휘둘렀다. 이대로라면 자신도 위험하다고 생각한 야마이의 어머니는 경찰에 신고했다.

이 사건이 동네에 소문이 나서 구로카와도 원래 살던 아파트에서 지내기 어려워졌다. 그리고 이 일을 계기로 구로카와의 아버지와 어머니는 이혼했다. 구로카와는 학교생활까지 힘들어졌고, 남동생은 방에 틀어박혀 나오지 않게 되었다.

어머니는 두 형제를 거두었지만 정신적으로 병들어서 예전과는 다른 사람이 되었다. 아버지가 어디서 지내는지도 알 수 없었고, 이제 구로카와에게 남은 것은 야마이 가족에 대한 증오심밖에 없었다. 하지만 아무것도 모르는 야마이에게는 구로카와 가족의 붕괴가 그저 슬픈 사건일 뿐이었다.

어느 날 구로카와는 방과 후 야마이를 불러내 격렬하게 화를 내며 그 사건의 전말을 모조리 이야기했다.

"다 네 엄마 때문이야. 너네 집 때문에 우리 집이 망가진 거라고. 너네 때문에 우리 엄마가 죽을지도 몰라. 내동생이 죽을지도 모른다고. 어떻게 책임질 거야, 어떻게 갚을 거냐고!"

정신 차리고 보니 구로카와는 자기 아버지처럼 야마이에게 폭언을 퍼부으며 끝없이 폭력을 휘두르고 있었다. 그 눈은 아버지를 똑 닮아 있었다.

야마이는 흐느끼며 사과했다. 하지만 구로카와는 "평생 용서 못 해. 이걸로 언제든 네 놈 가족들 다 협박할 거야"라며 겁을 줬다. 어른이라면 '구로카와의 아버지가 저지른 일을 왜 야마이더러 책임지라며 덮어씌우는 거야? 그런 억지가 통할 리 없잖아'라고 생각하겠지만, 아이들 사이의 그런 압박과 협박은 야마이에게 저주나 다름없이 공포스러운 일이었다.

원래 기가 세지 않은 야마이는 친구의 가정을 완전히 망가트렸다는 죄책감에 시달렸다. 그래서 그 뒤로는 구로카와를 전혀 거스르지 못했고, 구로카와는 딴사람이 된 것처럼 남들과 마찰을 일으켰다.

구로카와는 그때의 증오심이 커진 상태로 호시노 고

등학교에 들어왔고, 이시카와라는 목표물을 발견하자 자기 지위를 높이는 데 이용했다.

"집단 괴롭힘은 당하는 쪽에도 원인이 있다"라는 말을 들을 때가 있다. 하지만 그 원인이 압도적으로 괴롭히는 쪽에 있다는 것은 분명한 사실이다. 남을 괴롭히는 사람에게는 그렇게 행동하게 된 나름의 배경이나 가정 환경 같은 힘든 사정이 있으며, 그러한 요인은 이후 인격을 형성하는 데 영향을 미친다. 구로카와가 왜 이렇게까지 이시카와를 괴롭히는지 의아해하는 사람도 있을 것이다. 그건 괴로운 경험으로부터 생겨난 고독과 외로움, 누군가가 떠나버릴지도 모른다는 두려움, 즉 약함에서 비롯되었다. 결국 남을 괴롭히는 사람은 자신의 약함에서 벗어나기 위해 다른 이를 업신여기며 안도하는 것이다. 그래서 집단 괴롭힘 문제는 복잡한 것이며, 결코 완전히 사라지지 않는다.

만약 지금 집단 괴롭힘을 당하고 있다면 이렇게 마음에 새겨두기 바란다.

'남을 괴롭히는 사람은 아주 불쌍하다. 그 사람은 불행할 뿐 아니라 스스로에게 전혀 만족하지 못하고 있는 거니까. 그런 놈들 때문에 내 인생이 바뀌어선 안 된다.'

나중에 이시카와는 그렇게 굳게 생각했다.

야마이와 구로카와의 주종 관계는 문극제를 앞두고도 계속되었다. 구로카와는 야마이를 협박해 이시카와의 연극을 망가트리려고 했다.

하지만 구로카와의 생각과 달리, 릴레이 선수를 뽑을 때의 용기 있는 행동을 계기로 야마이는 이시카와와 점점 친해졌다. 구로카와에 대한 나름의 작은 반항이었는지 야마이는 이시카와를 향한 괴롭힘을 막으려 했다.

그런 모습을 보고 구로카와는 야마이까지 괴롭히려다가, 여기서는 야마이와 이시카와의 우정을 깨부수는 편이 더 큰 충격을 주리라고 보고 일부러 그대로 두었다. 그래서 이번에 남의 가정을 망가트렸다는 야마이의 죄책감을 이용해 문극제 세트를 부수게 했다.

게다가 구로카와의 계획은 여기서 끝나지 않았다.

제17화

눈물처럼
떠내려가다

드디어 문극제 본 공연이 코앞으로 다가와 모두 함께 준비를 착착 진행해 나갔다. 세트를 누가 부쉈나 하는 문제는 일단 다 같이 잊기로 했다. 그래야 세트 제작을 제때 끝낼 수 있었다. 하지만 범인을 아는 이시카와와 모리키는 필사적으로 평정심을 유지해야 했다. 대사를 맞추는 연습도 원래는 야마이까지 포함해 넷이 함께 오아시스에서 했는데 이제 야마이를 부를 수 없었다.

그런 분위기를 읽었는지는 모르겠지만 야마이도 집안 사정을 핑계로 방과 후 연습에 잘 나오지 않게 되었다.

그 미묘한 틈을 노렸는지 구로카와가 움직였다. 갑자기 이시카와에게 "콩트랑 무대 장치 때문에 할 얘기가 있으니까, 이따 열 시에 온치강 쪽 덮밥집 뒤로 와"라고 말한 것이다.

그 덮밥집 주차장 뒤편은 강과 가까워서 호시노 고등학교 학생들이 자주 모여 노는 장소였다. 물론 사이좋게 소고기덮밥을 먹자는 초대는 아니었다. 일부러 문극제와 관계없는 장소로 불러낸 걸 보면 알 수 있었다. 이시카와는 곧바로 모리키한테 어떻게 할지 상담했고, 야마이는 부르지 않고 둘이서 가기로 했다. 지금처럼 불안정한 관계로 나란히 자전거를 타고 달리거나 이야기를 나누는 건 상상만 해도 너무 어색했기 때문이다. 이시카와와 모리키 둘은 밤에 자전거를 타고 약속 장소로 향했다.

현장에 도착하자 불길한 예감이 적중했다. 개천 근처 어두컴컴한 곳에 구로카와 일당이 모두 모여 있었다. 그곳에는 예상치 못했던 야마이까지 있었다. 순간적으로 왜 야마이가 이곳에 있는지 이해가 안 되어서 당황했다. 그때 구로카와가 입을 열었다.

"세트 부순 범인은 찾았냐?"

이시카와와 모리키는 눈을 마주친 뒤 자연스레 "못 찾았어"라고 대답했다. 야마이가 같이 있었기 때문에 당연히 진실을 말할 수 없었다. 더군다나 야마이를 파는 짓도 할 수 없었다.

야마이를 다시 봤더니 무슨 일이 있었는지는 모르겠지만, 아마도 심하게 울었는지 초췌해진 얼굴로 떨고 있었다. 구로카와는 그런 야마이를 아주 즐겁다는 표정으로 바라보며 말했다. "난 범인 찾았거든. 누군지 알려줄까?" 이시카와는 '그만둬, 그만둬!' 하고 생각했지만 아무 말도 하지 못했다.

"범인은 야마이야. 너희 친구 야마이가 처음부터 공연을 망치려고 계획적으로 움직인 거지."

그 순간 야마이가 길바닥의 자갈에 얼굴을 파묻더니 "우아아아아!!" 하고 생전 처음 듣는 괴상한 소리로 울부짖기 시작했다. 이시카와와 모리키는 진실을 알고 있었지만 구로카와가 어떻게 알았는지, 그리고 야마이가 왜 이런 짓을 했는지 이해하지 못해 그저 당황스럽기만 했다.

그때 구로카와 일당의 고바야시가 이시카와가 쓰고 있던 니트 모자를 갑자기 빼앗더니, "대머리 새끼가 콩트를 만들 수 있을 리가 있냐" 하며 개천으로 힘껏 던졌다. 엄마가 '파이팅'이라고 자수를 놓아준, 세상에 단 하나뿐인 니트 모자가 개천에 버려졌다.

그때 이시카와는 태어나서 처음으로 이성을 잃고 "으아아아!" 하고 고함을 지르며 고바야시에게 달려들었다. 하지만 싸움을 해본 적 없는 이시카와는 곧바로 고바야시에게 머리를 눌려 무릎 차기를 당했다. 그래도 이시카와는 야마이에 대한 충격과 엄마가 만들어 준 니트 모자가 강에 버려졌다는 분노에 휩싸여 감정을 그대로 폭발시키며 몸부림쳤다.

그때 구로카와 일당의 나카무라도 뛰어들어 이시카와의 머리카락을 잡아챘다. 나카무라와 고바야시는 이제 동시에 이시카와를 짓누르며 주먹을 마구 휘둘렀다.

구로카와는 아직도 울부짖는 야마이를 보며 껄껄 웃고 있었다. 모리키는 경찰을 부를까 망설였지만, 너무나 무서웠던 나머지 휴대폰을 꼭 쥔 채 얼어붙어 버렸다.

이제 문극제는 엉망진창이 될 것이다. 〈리얼 모모타로〉는 구로카와의 손에 영원히 매장될 것이다. 모든 것을 포기하려 한 바로 그 순간, 놀라운 일이 일어났다. 누군가의 발길질에 고바야시가 개천가로 퍽 하고 나가떨어진 것이다. '누구지?' 이시카와도 놀라서 쳐다봤다. 그 사람은 다름 아닌 구로카와 일당의 시노하라였다.

'왜 시노하라가 고바야시를 걷어찼지?' 이시카와는 의아했다. 그건 구로카와도 마찬가지여서, "뭐 하는 짓이야, 시노!!" 하고 다그쳤다. 시노하라는 "이러려고 부른 거였어? 지금까지도 너무하다고 생각하긴 했는데, 이런 집단 폭행 같은 걸 하면 퇴학당한다고" 하고 강하게 되받아쳤다. 예의와 상하 관계가 엄격한 야구부 소속인 시노하라는 그전부터 이들의 도가 지나친 행태에 질려 있었던 것이다. 특히 구로카와 뒤에 숨어서 이시카와를 계속 괴롭히는 고바야시와 나카무라에게 화가 나 있었다.

고바야시는 흥분해서 "뭐 하는 거야!" 하고 고함을 지른 뒤 시노하라와 치고받기 시작했고, 싸움은 드잡이로 발전했다. 나카무라는 당황해서 "너네 그만해. 야, 그만하라고!" 하고 외쳤지만 수습이 안 되는 상황이었다. 보다 못한 구로카와가 "야, 이제 됐어. 흥 다 깨졌네. 가자"라고 내뱉자 고바야시와 나카무라는 머쓱해하며 구로카와와 함께 이 혼돈의 장소를 떠났다.

남은 자리에서는 "헉, 헉" 하는 거친 숨소리만 울려 퍼졌다. 한동안 아무도 입을 열지 않았다. 그 침묵을 깨듯이 시노하라가 "지금까지 미안했다" 하고 뜻밖의 사과를 건넸다.

"이시카와가 웃으면서 되받아치고 그랬으니까 처음엔 나도 그냥 심한 장난 정도겠거니 했는데, 탈모까지 생겨서 머리가 이렇게 될 줄은 몰랐어. 쟤네가 폭력까지 쓰는 새끼들인 줄도 몰랐고. 미안하다" 하고 솔직하게 진심을 털어놓았다.

이시카와도 "아냐, 도와줘서 고마워" 하고 순순히 감사 인사를 했지만, 그보다 야마이가 걱정되었다. 구로카와가 돌아간 뒤로도 얼굴을 자갈밭에 파묻은 채 흐느끼는 소리만 울려 퍼지고 있었다.

이시카와가 야마이에게 다가가려고 하자 시노하라가 "내가 설명할게"라고 말했다. "왜 이렇게 됐는지, 구로카와가 야마이한테 했던 짓도 전부 얘기해 줄게"라는 것이었다. 그때 두 사람의 어린 시절부터 지금까지의 관계, 가족 간의 문제까지 알게 되었다. 모리키와 이시카와는 '역시 이유가 있었구나' 하며 조금 안심했다.

그때 시노하라의 설명을 가로막듯이 야마이가 얼굴을 파묻은 채로 무릎을 꿇더니 "미안해!" 하고 꺽꺽 울며 사과했다. 그 "미안해!"라는 한마디는 후회와 두려움으로 덜덜 떨려 나왔다. "나, 모두를 배신했어. 어찌 됐든 모두를 배신했다고. 이시카와, 미안해. 난 이제 친구도 아니야. 미안해. 미안, 모리키, 내가 이런 놈이라 미안해." 이시카와는 울면서 사과하는 야마이에게 달려가 외쳤다. "네가 있어서 내가 이 꼴로도 학교에 갈 수 있는 거야. 이제 친구도 아니라니, 그딴 소리 다신 하지 마!" 이시카와는 울고 있었다. 처음으로 울면서 친구에게 화를 냈다.

모리키도 이시카와와 동시에 야마이에게 달려갔다. 그리고 "우아아아!!" 하고 우는 야마이를 둘이서 감싸안았다. 한 시간, 두 시간, 아니, 실제로는 5분 정도밖에 지나지 않았지만 셋이 부둥켜안고 있는 시간은 그만큼 길게 느껴졌다.

셋 다 마음이 조금 진정되자 서로 얼굴을 마주 보며 "너무 울었네, 하하하!" 하고 동시에 웃음을 터트렸다. 그러자 옆에서 지켜보던 시노하라가 갑자기 생각났다는 듯이 "아, 모자!" 하고 말했다. 이시카와가 퍼뜩 정신을 차리고 "강물에 떠내려간 모자는 어떻게 됐지?" 하며 위에서 개천을 내려다봤더니, 니트 모자가 아직도 둥둥 떠서 흘러가고 있었다. 물살이 약한 개천이라 아직 나무와 쓰레기 사이에 걸려 있었던 것이다.

이시카와는 그 순간 드라마 〈꽃보다 남자〉를 떠올렸

다. 남자 주인공 쓰카사가 여자 주인공 쓰쿠시의 목걸이를 하천으로 내던진다. 하지만 쓰쿠시가 하천으로 뛰어가 물살에 떠내려가던 목걸이를 건져 내어 껴안자, 삽입곡인 우타다 히카루의 〈플레이버 오브 라이프Flavor of Life〉가 흘러나오는 감동적인 장면이다. 꼭 그 장면처럼 니트 모자가 지금, 천천히 개천에서 떠내려가고 있다. 이시카와와 야마이와 모리키와 시노하라는 넷이서 개천으로 내려가 〈꽃보다 남자〉의 쓰쿠시처럼 니트 모자를 뒤쫓았다. 마찬가지로 우타다 히카루의 〈플레이버 오브 라이프〉가 이시카와의 머릿속에서 흐르고 있었다.

하지만 이곳은 히가시오사카의 더러운 개천이었다. 니트 모자는 무정하게도 쓰레기와 함께 부글부글 가라앉았다. 아아, 아아....... 수면 아래로 슬프게 잠겨가는, '파이팅' 자수가 놓인 니트 모자를 네 사람은 공허한 표정으로 망연히 바라보았다.

제18화

커튼이
오르는
순간

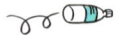

　이시카와는 니트 모자를 새로 마련했고, 드디어 다음 주로 다가온 격전을 향해 막판 스퍼트를 냈다.

　개천에 가라앉은 니트 모자는 잃어버렸다고 했다. 엄마한테 "같은 반 애가 강에 던졌어"라고는 도저히 말할 수 없었기 때문이다.

　덮밥집 뒤편에서 있었던 사건 이후, 구로카와는 학교에 와도 멍하게 있었고 무리의 분위기도 상당히 나빠졌다. 고바야시와 나카무라는 평소처럼 떠들었지만 시노하라는 완전히 외톨이가 되었다. 그야 당연한 일이다.

자기 그룹을 배신하고 고바야시를 걷어찼기 때문이다.

　하지만 실제로는 시노하라가 이시카와를 도와주려고 그렇게 했다기보다, 야구부의 일원이라는 책임감과 퇴학당하면 곤란하다는 자기방어가 더 큰 동기였던 모양인지 며칠이 지나도 이시카와네와 가까워지지는 않았다. 그래도 시노하라 덕분에 상황이 완전히 변한 것은 사실이었다.

　무엇보다 이시카와는 이제 야마이와 마음을 터놓고 대화를 나눌 수 있었다. 자세한 사정은 이시카와도 모리키도 묻지 않았다. 이제 와서 그런 건 아무래도 좋았다. 그저 야마이와 함께 문극제를 성공시키고 싶었다. 야마이도 분명 그렇게 생각할 것이다. 그것이 가장 중요하고, 그것만으로 좋았다. 다만, 고모리가 이시카와와 야마이의 얼굴에 난 상처를 보고 "싸움이라도 했어?" 하며 의아한 표정으로 쳐다보기는 했다.

　준비가 늦어진 만큼 시나리오를 서둘러 완성하고 연습도 열심히 했다. 무대 배경도 전처럼 대형 작품은 아니지만 어찌어찌 시간에 맞춰 다시 만들었고, 남은 것은 각자의 대사를 세밀하게 맞춰보는 것과 음향 타이밍을 조정하는 것뿐이었다.

오아시스에서는 우선 공백이 생겨버린 야마이의 개인 연습을 진행했다. 그리고 이시카와, 모리키, 야마이, 고모리까지 넷이서 수업 시작 전 이른 아침과 각자 동아리 활동이 끝난 뒤부터 밤 열한 시쯤까지 계속 함께 연습했다.

이 연습 기간은 콩트의 템포와 리듬, 배우가 어리숙한 행동을 할 때의 표정과 동작, 그리고 그에 대해 핀잔을 주는 내레이션까지 세부적인 사항을 체크해야 하는 매우 어려운 단계다. 완성을 향해가는 과정에서 '혹시 별로 재미없는 거 아닐까?' 하는 불안도 밀려들었다. 원래 작품을 창작할 때는 이때가 가장 괴로운 시기다. 하지만 이시카와는 이 시기마저 못 견디게 즐거웠다.

이시카와에게는 지금이 반년이 지나서야 겨우 시작된 고등학교 생활로 느껴졌다. 매일 모두 함께 땀을 흘리고, 다 같이 웃었다. 뭘 하든 배를 움켜쥐며 박장대소했고, 어두워지면 달을 보며 연습하기도 했다. 그때의 달은 그 어떤 보름달보다 아름답게 보였다.

불과 얼마 전까지만 해도 고등학교 생활 때문에 탈모가 생길 정도로 궁지에 몰려 있었지만, 이제는 '고개를 계속 들고 지내면 이런 풍경을 볼 수 있구나' 하고 웃으면서 힘차게 자전거 페달을 밟아 집으로 갔다.

집단 괴롭힘을 당하고 탈모가 생겨 인생의 밑바닥으로 떨어졌다. 하지만 그 앞에는 이런 풍경이 기다리고 있었다. 이시카와는 문극제 콩트가 성공하든 말든 이제 아무래도 상관없었다. 이 콩트를 만드는 과정에서 무엇과도 바꿀 수 없는 커다란 행복을 찾았기 때문이다. 밑바닥까지 떨어졌다면 남은 일은 올라가는 것뿐이다.

"언젠가 반드시 웃는 날이 오니까." 이 말이 노래 가사나 드라마 속에 나오거나 아무것도 모르는 주위 어른들이 할 때는 그저 가볍게 내뱉는 허울 좋은 소리인 줄 알았다. 하지만 분명 아무 일도 일어나지 않았을 때보다 밑

바닥에서 올라왔을 때 평범한 행복을 더욱 절실히 느낄 수 있었다.

우루후루즈의 〈웃을 수 있다면〉을 예전에는 굳은 표정으로 오기를 부리며 불렀지만, 지금은 웃는 얼굴로 경쾌하게 부르면서 학교를 오갔다.

오아시스에서 네 아이가 하는 뜨거운 연습의 열기는 반 전체로 퍼졌다. 무대 장치 팀도 소도구 팀도 모두 당일까지 온 힘을 다해 세트와 배경을 마무리해 줬다.

이시카와가 감독을 맡아 학급 전체의 최종 리허설을 다시 한번 처음부터 끝까지 해보았다. 대사를 조금 더듬어도 모리키가 만든 음향과 이시카와가 넣는 내레이션의 도움으로 극이 매끄럽게 진행되어 반 아이들 모두 큰 보람을 느꼈다. 게다가 고모리 같은 여학생들도 최선을 다해 망가져 줬다. 그런 의외의 모습도 작품에 좋은 양념이 되었다. 선생님도 껄껄 웃으며 연습을 지켜봤다. 이 분위기대로만 가면 성공이다! 상을 받을 수 있다!

하지만 이때 한 가지 신경 쓰이는 일이 생겼다. 구로

카와 일당은 그날 이후 활기를 잃고 무기력하게 지내며 공연 준비도 도와주지 않았는데, 그러다가 갑자기 "공연 당일에 조명을 맡고 싶어" 하고 말을 꺼낸 것이다. 지금까지 모두가 열심히 하는 모습을 보며 자기네만 아무것도 하지 않는 게 부끄러워졌으니, 당일 조명 담당을 시켜 달라고 청해왔다.

보통은 절대 안 된다고 할 것이다. 이시카와도 이제 까지 실컷 방해만 해온 놈들을 용서하고 작품에 참여시키고 싶지 않았다. 실제로 모리키는 "안 돼. 재넬 어떻게 믿어? 이시카와, 거절하자"라고 말했다. 하지만 이시카와는 구로카와 일당을 완전히 따돌리고 배제하면서 우월감을 맛보아 봤자 똑같은 놈이 될 뿐이라고 생각했다.

여태까지 당해온 일을 생각하면 속이 뒤집어진다. 엄마가 울었고, 이시카와는 여전히 피부과를 다니고 있다. 하지만 구로카와 일당을 문극제 작품에 참여시켜야 비로소 "괴롭힘을 떨쳐냈다"라고 말할 수 있지 않을까. 그런 생각이 들었다. 그래서 이시카와는 승낙했다. 이리하여 조명은 구로카와 일당이 맡게 되었다.

마침내 문극제 당일을 맞이했다. 공연장은 만석이었다. 선생님들도 기대에 차 있었고, 학부모들은 물론 다른 학교 학생들까지 손님이 바글바글했다. 이시카와네 반의 공연은 열 번째였다. 1, 2, 3학년 다 합쳐서 작품이 열두 개나 되었기 때문에 오후 공연 중에서도 꽤 뒤쪽 순서였다. 하지만 코미디 경연 대회에서도 뒤쪽 순서가 유리하다고들 하지 않나. 게다가 막상 뚜껑을 열어보니 다른 반 작품은 인기 드라마를 패러디하거나 셰익스피어 연극을 그대로 공연하거나 애니메이션을 콩트로 만든 것이어서, 설정부터 완전히 새로 짠 창작 콩트는 이시카와 작품뿐이었다.

어쩌면 그래서 작품이 좀 밋밋할 수도 있겠다....... 그런 불안은 있었지만, 어쨌거나 앞으로 한 시간 뒤면 본 공연이었다. 다 함께 마지막 연습을 했다. 조명을 맡겠다던 구로카와, 고바야시, 나카무라도 연습에 잘 참여해 줘서 마음이 놓였다. 모리키는 음향을 체크했고 배우들은 개그 연기를 점검했다. 이시카와는 내레이션으로 웃기는 타이밍 등을 마지막으로 조정했다.

드디어 본 공연을 올릴 시간이 왔다. 무대 뒤에서 모두들 동그랗게 둘러섰다. 이시카와는 반 아이들에게 아직 트라우마가 남아 있어서 앞으로 나서기를 망설였지만, 야마이와 고모리가 "이시카와를 둘러싸자" 하며 둥글게 서도록 모두를 재촉했다.

뭐라고 한마디 해야 하는 분위기였다. 이시카와는 5초 정도 모두의 얼굴을 바라본 뒤, 구로카와 일당까지 흘끗 쳐다보며 딱 한 마디를 했다. "우승하자."

개막 신호가 울리고 막이 올랐다.

첫 신은 복숭아가 강물을 타고 떠내려오는 장면이다. 이시카와의 내레이션이 공연장을 가득 메웠다.

"할머니는 커다란 복숭아를 집으로 가져와 부엌칼로 썰려고 했습니다."

할머니 역할을 맡은 고모리가 복숭아를 가로로 썰기 시작했다.

"죽어요. 그렇게 썰면 모모타로 죽는다니까요. 멈춰요, 할머니, 멈춰요!"

이시카와의 내레이션으로 첫 번째 개그가 발사되었다. 객석에서 와르르 웃음이 터지며 기분 좋게 유머가 먹혔다. 아주 순조로운 출발이었다. 그런 다음 모모타로가 태어나고, 할아버지가 집으로 돌아온다. 야마이가 연기하는 이 할아버지 역할이 콩트의 핵심인 어리숙한 개그를 맡고 있다.

할머니가 모모타로를 보여주자 할아버지는 "복숭아에서 태어났다고? 으흠, 솔직히 말해. 어디서 태어났는데?"라고 묻는다. 할머니는 "아니, 진짜 복숭아에서……"라고 대답하지만, 할아버지는 "그걸 어떻게 믿어. 당신, 치매 걸렸어? 숨겨둔 자식이겠지. 이 나이에 애를 낳다니" 하고 받아친다.

모모타로가 복숭아에서 태어났다는 것을 절대 인정하지 않는 이 콩트의 핵심 설정에 관객들이 폭소를 터트렸다. 내레이션을 맡은 이시카와도 "아니에요, 할아버지.

진짜라니까요" 하며 설득에 나선다. 그러자 무대 옆에서 개, 원숭이, 꿩이 나와 "복숭아에서 태어나는 걸 저희도 봤어요. 진짜예요" 하고 입을 모아 말한다.

"아냐, 아직 출연 순서 아니야. 지금 나오면 안 돼!"

이 내레이션 개그도 크게 먹혔다. 게다가 객석이 조금 술렁이는 듯했다. 아무래도 등장인물들의 어리숙한 행동을 내레이션으로 지적하며 웃기는 진행이 학생의 수준을 뛰어넘어 있어서 다들 놀란 모양이었다.

메달 게임˙에서 대박이 나 코인이 왕창 쏟아지는 것처럼, 이시카와의 빠진 머리카락과 맞바꾼 개그가 객석을 향해 날아가는 족족 크게 먹혔다. 별반 기대하지 않았던 고등학교 1학년의 콩트 설정이 너무나 대담해서 학부모들이 와르르 웃음을 터트린 것이다. '이런 콩트를 문극제에서 하다니!' 1학년의 작품이라 기대치가 가장 낮은

˙   현금 대신 메달(코인)을 넣어 보상을 얻는 아케이드 게임의 한 종류.

상태에서 가드 없이 휘두른 펀치가 모조리 꽂힌 것이 통쾌했다.

음향의 마술사 모리키의 활약도 대단했다. 모리키가 준비한 난생처음 듣는 민속음악에 모모타로가 천진하게 까불대면 "모모타로, 왜 이 음악만 나오면 사족을 못 쓰는 거야!" 하고 내레이션을 넣었다. 또 소나기와 천둥소리가 들리면 "아까부터 꼭 중요한 이야기만 하면 날씨가 나빠지더라!" 하고 딴지를 거는 등, 관객들은 주거니 받거니 하는 모리키의 음향과 이시카와의 내레이션에도 푹 빠져들었다.

그 뒤로도 소소한 개그가 속속 튀어나왔다.

개의 견종이 도베르만이라는 사실이 밝혀진다.

"이야, 도베르만은 경찰견밖에 못 봤는데. 도깨비 퇴치에 딱이잖아!"

조명이 어두워지고 세트를 교체하지만 풍경은 전혀 바뀌지 않는다.

"무슨 장면 나올 차례야? 뒷면도 완전 똑같잖아!"

꿩이 야맹증이어서 앞을 잘 보지 못한다.

"그런 세밀한 설정 필요 없어!"

수수경단*에 플라스틱이 들어 있다.

"이물질 있다고 신고 들어오는 거 아냐?"

꿩이 닭살 돋으며 소름 끼쳐 한다.

"그런 리얼리티 필요 없거든!"

군데군데 흩뿌려 둔 다양한 개그에 객석도 더더욱 들끓었다. 반 아이들도 무대 옆으로 퇴장할 때 "대단해, 이거 장난 아닌데. 이시카와는 천재야! 1학년이 우승할지도 몰라" 하고 입을 모아 말하며 웃음과 흥분을 감추지 못했다. 그 기세를 타고 콩트는 척척 진행되었다. 하지만 그런 반 아이들의 단결심과는 다른 의미의 웃음을 짓고 있는 삼인방이 있었다. 바로 구로카와 일당이었다. 이 녀석들은 역시 맨 마지막까지 이시카와가 반에서 잘 지내는

---

* 전래 동화 「모모타로」에서는 모모타로가 개, 원숭이, 꿩에게 수수경단을 주며 동료로 삼는다.

꼴을 보지 못했다.

구로카와가 조명을 맡으려 했던 이유, 그것은 대본과 다른 타이밍에 뜬금없이 빨간 조명을 비추어 무대 위를 새빨갛게 물들여서 이시카와와 친구들을 당황시키려는 유치한 계획 때문이었다. 조명에는 빨강과 파랑, 초록으로 색깔을 바꿀 수 있도록 필름이 붙어 있었다. 아무런 예고 없이 공연 도중 조명 색깔을 바꾸면 모두가 얼어붙어 사고가 난다. 행동만 놓고 보면 버튼 하나를 누르는 것뿐이지만, 콩트 전체의 흐름을 생각하면 치명상으로 이어질 수 있다.

콩트는 점점 중반을 향해 달려가고 있었다. 구로카와는 객석이 들썩일수록 그에 비례하여 콩트를 망칠 생각에 즐거워졌다.

드디어 할아버지와 할머니가 크게 싸우는 중요한 장면에 들어가려 할 때, 구로카와가 고바야시에게 턱으로 신호를 보내어 빨간 조명 스위치를 누르자 무대가 갑자기 새빨갛게 물들었다.

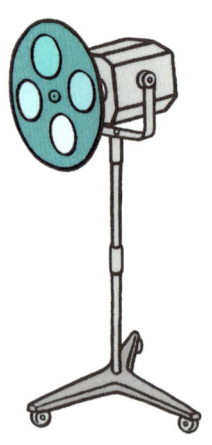

"뭐야?"

반 아이들은 물론이고 객석의 공기까지 얼어붙었다. 10초 정도 정적이 체육관을 감쌌다. '실수했구나. 끝장이다…….' 그곳에 있던 모두가 그렇게 생각했다. 그러나 다음 순간, 아주 끈적하고 섹시한 음악이 흘러나왔다. 개그 무대에 선 코미디언이 "조금만 보여줄게~" 하고 능청스레 말할 때 배경으로 깔릴 듯한 관능적인 곡이었다. 그때 이시카와가 혼신을 다한 내레이션으로 "와, 야한 거 시작하나 봐!"라고 하자 또다시 폭소가 터졌다.

"아니 근데 야한 조명 치고는 너무 빨갛잖아. 핑크색 같은 건 준비 못 했냐!"

그렇게 말하자 또다시 객석이 웃음바다가 되었다. 이것을 신호로 할아버지와 할머니가 음악에 맞춰 춤을 추기 시작했고, 이시카와가 "뭣들 하는 거야!" 하고 핀잔을 주자 오늘의 가장 큰 웃음이 와르르 터져 나왔다!

오히려 이번에는 구로카와 일당이 무슨 일이 일어났는지 이해하지 못해 얼어붙었다. 사실 이 기적적인 애드

리브에는 배경이 있었다. 때는 사흘 전 방과 후로 거슬러 올라간다. 이시카와와 야마이와 모리키는 오아시스에 모여 셋이서 막바지 연습을 하고 있었다. 마지막까지 신중에 신중을 기하며 이날도 연습은 밤까지 이어졌다.

그러던 중 고모리가 오더니 "문극제 공연 말인데, 딱 하나 불안한 점이 있어"라고 말했다. 고모리와 같은 농구부지만 그다지 친하지는 않은 다카하라라는 여학생이 있는데, 이 아이는 구로카와와 사귀는 여자애의 친구라고 한다. 그런데 구로카와가 여자 친구에게 "문극제 공연을 난장판으로 만들 거야"라고 자랑스레 이야기했다는 사실을 고모리가 다카하라에게 전해 들었다는 것이다.

뜬금없이 조명 담당을 시켜달라고 나서는 게 역시 이상했는데, 불안이 적중했다. 그다음 날 고모리와 이시카와와 야마이와 모리키는 다카하라를 만나러 갔고, 정중한 태도로 부탁한 결과 구로카와가 뭐라고 말했는지 더욱 자세한 정황을 들을 수 있었다. 다카하라도 구로카와의 나쁜 면에 질려 이제부터 거리를 두자고 결심한 참이었던 듯, 다행히 이중 스파이 같은 행동은 하지 않았다.

이리하여 이시카와와 친구들은 구로카와 일당이 갑자기 조명 색깔을 바꾸리라는 것을 예측할 수 있었다. 그래서 방해에 맞춰 빨간색이면 모리키가 어떤 장면이든 간에 섹시한 곡을 틀고 이시카와가 그에 걸맞은 내레이션으로 개그를 치기로 했다. 파란색이면 슬픈 곡을 틀고 "언제 이렇게 울적해진 거야!"라며 핀잔을 주고, 초록색이면 가수 그린GReeeeN의 곡을 틀고 "조명도 그린인데 노래까지 그린일 필요 없잖아. 갑자기 뭐야!"라고 호통을 치기로 했다. 또 어떤 식으로 방해하든 "조명이랑 음악, 장난이 심하잖아. 일 똑바로 안 하냐?!"라고 하는 등 언제든지 사용할 수 있는 음향과 핀잔 멘트를 여러 가지 버전으로 준비해서 구로카와의 마지막 괴롭힘을 개그로 승화시키기로 했던 것이다.

다시 문극제 당일로 돌아와서, 구로카와는 조명을 빨간색으로 바꿔도 개그를 연발하는 것을 보고 갑자기 당황해서 이번에는 파란색으로 바꿨지만, 그것도 음향과 핀잔 내레이션의 콤보로 멋지게 먹혀들었다. 초록색으로 바꿔도 금세 그린의 노래가 흘러나오며 "조명도 그린인데 노래까지 그린일 필요 없잖아!"라는 완벽하게 준비된 내레이션이 이어져 객석의 열광은 절정에 달했다.

"조명이랑 음악, 일 똑바로 안 하냐?!"라는 내레이션도 엄청나게 반응이 좋았다. 그러는 사이 구로카와 일당 셋은 시노하라와 남학생 몇 명에게 "조명 바꿔!"라는 소리를 듣고 무대 뒤에서 쫓겨났다.

나중에 들은 이야기로는 이때 구로카와가 "저 자식들 괴물이야……"라고 힘없이 중얼거렸다고 한다. 이제 콩트를 멈출 수 있는 건 없었다. 완전히 물오른 개그에 객석의 흥분은 점점 커져갔고, 관객들은 감탄 섞인 웃음을 터트렸다. 호시노 고등학교 3학년 중에는 질투 어린 웃음을 짓는 선배들도 있었다.

담임 아라카와 선생님도 처음에는 웃었지만 나중에는 이시카와를 보며 '잘됐다. 굉장해, 잘 해냈어. 학부모 면담에서 여기까지 오다니, 대견하구나'라는 듯이 눈물을 글썽였다. 무엇보다 엄마와 두 여동생이 객석에서 배를 쥐고 웃고 있었던 것이 가장 기뻤다. 하지만 자세히 보면 엄마는 웃으면서 울고 있어서, 이시카와는 엄마가 얼마나 걱정을 많이 했는지 실감했다. 여동생들도 조금 안심했는지 울고 있는 엄마를 보며 함께 울었다.

'이 반은 대체 뭐지? 처음 보는 공연이야!'

그렇게 말하는 듯한 반응이 체육관 전체에 퍼졌다. 무대 뒤에서 내레이션으로 개그를 칠 때마다, 객석에서 웃음소리가 들릴 때마다 이시카와도 조금 울었다. 모리키도 음향 버튼을 누르면서 이시카와의 얼굴을 보고 울었다. 부모님이 머리에 탈모 약을 발라줄 때 빠진 머리카락을 바라보던 순간에는 이런 날이 올 줄 꿈에도 몰랐다.

야마이와 고모리가 경찰에 잡혀가는 마지막 개그가 끝났다. 복숭아가 떠내려오고, 그 안에서 할아버지와 할머니가 저지른 죄목이 적힌 기다란 종이가 엔딩 크레딧처럼 끝없이 나왔다.

멋대로 복숭아를 주운 것은 절도죄, 복숭아를 썰 때

부엌칼을 쓴 것은 총포 및 도검류 소지에 관한 단속법 위반죄라고 하는 등 티슈를 뽑는 것처럼 배우가 잡아당기면 당기는 대로 죄목이 줄줄이 나왔다.

마지막에는 정말로 체육관이 떠나갈 듯한 큰 웃음이 터져 나왔다. 무대 위에서는 야마이와 고모리가 자신의 역할을 연기하면서도 기쁨에 겨워 웃고 있었다. 다른 학교 학생과 학부모도 모두 일어서서 박수를 보냈다. 호시노 고등학교의 문극제는 원래 수준이 높지만, 그중에서도 단연 돋보이는 무대였다.

이시카와가 "감사합니다!" 하고 마지막 내레이션으로 공연을 마무리하자 오늘의 가장 큰 박수 소리가 1학년 8반 모두에게 쏟아졌다.

이렇게 이시카와의 인생을 바꾼 콩트가 막을 내렸다.

최종화

청춘은
콩트를 타고

막이 내려오자 다 같이 외쳤다. "해냈다!!" 평소에는 큰 소리를 내지 않는 야마이도, 어른스러운 고모리도 외쳤다. 그런 다음 이시카와, 모리키, 야마이, 고모리는 무대 옆 계단에 모여 서로 얼싸안았다.

아무튼 끝났다. 끝까지 해냈다. 성공이나 우승은 나중 이야기고, 지금은 어쨌든 끝까지 해냈다는 기쁨을 모두 함께 나누었다.

그러고 나서 다 같이 교실로 돌아가자 "그 장면 진짜 좋았어" "여기도 대박이었지" 하며 서로를 칭찬하는 보너스 타임 같은 시간이 시작되었다.

반 아이들은 아직도 흥분해 있었다. 창작 작품으로 큰 웃음을 줄 수 있을지 내심 계속 불안했던 것이다. 그 불안과 긴장에서 완전히 해방되어 다들 무척 행복한 얼굴이었다.

이시카와는 그 광경을 바라보는 것만으로 만족스러웠다. 아이들 사이에 끼지도 않고 자신이 만든 콩트로 모두 하나가 된 모습을 선명히 눈에 새겼다.

더없이 행복한 한때였다. 구로카와 일당이 콩트를 방해했던 일 따위는 누구도 입에 올리지 않았다. 실제로 구로카와 일당도 그렇게 축제 분위기로 가득한 곳에는 있기 어려웠는지 교실 밖으로 나갔고, 그런 일은 이제 아무래도 좋았다.

모든 학급의 공연이 끝나고 시상식이 시작되었다. 뛰어난 작품에 상을 주는 가장 중요한 의례다. 전교생이 모인 체육관에서 장려상, 우수상, 최우수상의 순서로 수상작을 발표한다. 상을 받은 학급에서는 대표가 한 명씩

나와 스탠드 마이크 앞에서 가볍게 소감을 말하고 표창장을 받는다. 그런 흐름으로 시상식이 진행되다 보니 체육관은 엄청난 긴장감과 열기로 가득했다.

"먼저 장려상을 발표하겠습니다. 3학년......"

여기까지 말한 다음 교장 선생님은 조금 뜸을 들였다.

'아아, 이미 틀렸나......'

1학년이 수상한다면 가장 유력한 것은 장려상이었는데, 이시카와는 위기감을 느꼈다.

"3학년...... 4반!" 교장 선생님이 발표했다. "와아아~" 하는 함성이 일어난 뒤 반 대표가 수상 소감을 발표했고, 해당 학급에서 환호성을 지르며 분위기가 뜨겁게 달구어졌다. 3학년 4반은 디즈니 작품을 패러디했다. 그런 경쾌하고 알기 쉬운 작품이 상을 받았으니 자기네 반은 더더욱 가망이 없을 것만 같아서 이시카와는 초조해졌다.

이어서 우수상을 발표했다. 받는다면 이제 이 상밖에 없다. 여기서 불리지 않으면 정말 큰일이다. 1학년이라는 핸디캡을 생각하면 반드시 지금 불려야 한다. 교장 선생님은 숨을 들이마시고 발표했다. "2학년...... 5반!" "아~" 하는 탄식과 "와아!" 하는 환호가 번갈아 터져 나왔다.

큰일 났다. 마침내 딱 한 반 남았다. 심장이 터져버릴 것 같았다. 그때의 풍경은 전부 슬로모션으로 보였다. "마지막으로 올해의 문극제 챔피언, 최우수상을 발표하겠습니다." 교장 선생님이 말했다. 이시카와는 기도했다. 모리키도 야마이도 고모리도 다들 눈을 감고 두 손을 모았다.

"명예로운 최우수상은...... 1학년 8반! 믿기 어렵게도 1학년입니다!"

체육관이 떠나갈 듯했다. 이 체육관이 세워진 이래로 가장 클 듯한 함성과 흥분의 목소리가 울려 퍼졌다. 1학년 8반 학생들은 너무나 놀라서 잠시 얼어붙은 뒤, 믿을 수 없을 만큼 크게 소리 질렀다.

"우와아앗!!" 모리키와 야마이는 이시카와를 얼싸안았다. 고모리와는 뜨거운 하이파이브를 나누었다.

"해냈어. 이시카와의 콩트로 우승했어. 우승이라니,

굉장해!”

그 차분한 고모리도 흥분해서 그렇게 외쳤다.

이시카와도 “믿기지가 않아” 하며 모두와 얼싸안았다. 그러고 보니 단상에 올라갈 사람을 뽑아두지 않았다. 하지만 반 아이들의 마음은 정해져 있었다. 모두가 다정한 눈빛으로 이시카와를 바라보고 있었다. 야마이가 “가, 갔다 와!” 하고 눈물을 글썽이며 이시카와의 등을 밀었다. 이시카와는 단상에 올라가 스탠드 마이크 앞에 섰다. 전교생이 자신을 보고 있었다.

탈모로 머리카락이 빠지고, 집단 괴롭힘을 당한다는 소문이 학교 전체에 퍼지고, 반에서 완전히 겉돌던 시절에 받던 시선과는 전혀 달랐다. 이시카와를 인정해 주는 따뜻한 눈빛이 보였다.

이시카와는 무슨 말을 할지 생각해 두지 않아서 말문이 막혔지만, 정신을 차리고 보니 감정이 이끄는 대로, 진심에 떠밀리듯이 이야기를 시작하고 있었다.

“1학년 8반 이시카와 세이야입니다. 저는 모두 덕분

에 여기에 설 수 있었어요. 처음엔 학교생활이 잘 안 풀렸고, 그때는 매일 지옥 같아서 이런 상을 받고 남들 앞에 서게 될 줄 몰랐습니다. 여러분도 보셨겠지만 제가 니트 모자를 쓴 것도 탈모로 머리카락이 빠져서예요. 저는 바닥까지 갔었습니다. 하지만 모두와 함께 평생 잊지 못할 콩트를 만들었어요. 너무나 힘들었던 만큼, 지금은 정말 행복합니다."

이시카와가 말을 마치자 전교생으로부터 우레와 같은 박수갈채가 쏟아져 나왔다. "축하해!" 학교의 모든 학생이 일제히 그렇게 외치는 듯한 커다란 함성이었다.

단상에서 본 그 광경은 이시카와가 몇 살이 되어도, 어른이 되어서도 잊지 못할 것이었다. 시상식이 끝나자 그대로 네 사람은 오아시스로 향했다. 넷이서만 나눌 수 있는 감상이나 콩트 도중 위험했던 부분 등을 드디어 차분하게 털어놓을 수 있는 뒤풀이가 시작되었다.

식당 옆에 있는, 잘나가는 아이들이 이용할 듯한 자동판매기에서 평소에는 좀처럼 마시지 않는 칼피스 소다를 다 함께 뽑아 건배했다. 그 칼피스 소다는 지금껏 마셔본 음료 중 가장 맛있었다.

그때 네 사람은 아주 상쾌한 표정으로 웃었다. 구로카와의 마지막 방해 공작을 모리키가 음향으로 멋지게 막아낸 일, 이시카와의 수상 소감, 야마이가 도중에 엄청나게 갈등했던 것, 혼신의 힘을 다한 고모리의 코믹 연기, 시노하라는 의외로 좋은 녀석 같다는 것 등 지금까지의 모든 노력과 고생을 그 자리에서 털어놓고 이야기함으로써 마음에 쌓여 있던 불쾌한 감정이 모조리 씻겨나갔다.

즐겁게 이야기를 나누는 세 사람을 보며 이시카와는 '아아, 이 광경은 죽을 때까지 못 잊을 거야. 이게 청춘이 아니면 뭐가 청춘이겠어'라고 생각했다.

머릿속에는 우루후루즈의 〈웃을 수 있다면〉이 엔딩곡처럼 흐르고 있었다.

"어쨌거나 웃을 수 있다면, 마지막에 웃을 수 있다면."

이것이 인생의 진리 같기도 했다.

구로카와에게 괴롭힘을 당하며 처음에는 콩트로 그

상황을 극복하고 복수해 주자고 생각했지만, 공연에 몰두하는 사이 어느덧 그런 마음은 어디론가 사라졌다. 구로카와가 찍소리도 못하게끔 만드는 것 따위는 이제 아무래도 상관없었다. 자신을 좋아해 주는 사람들과 자신이 좋아하는 것, 그것만을 소중히 여기는 게 최고의 복수라는 사실을 이시카와는 깨달았다.

그 뒤 2학년, 3학년 문극제에서도 이시카와는 계속 창작극을 만들었다. 그리고 모든 공연에서 상을 받았다.

그날 이후 이시카와의 책상이 뒤집히는 일은 없었다. 이시카와의 책상에는 소중한 사람들이 여럿 모여들게 되었다. 이시카와는 마침내 진정한 오아시스를 찾은 것이다.

집단 괴롭힘은 드라마나 영화에서처럼 말끔히 사라지지 않는다. 실제로 이시카와에게 그때의 기억은 아직도 괴롭고 고통스러워서 지금도 떠올릴 때가 있다. 그 상처는 아마도 평생 지워지지 않을 것이다.

한 번 그런 경험을 했던 사람은 비슷한 상황을 마주하면 불현듯 과거의 일이 플래시백처럼 떠올라 '그때 되갚아줬더라면, 그때 달아났더라면' 하고 지금도 생각할 것이다.

하지만 그 또한 자신의 인생이다. 좋은 쪽으로 생각

하는 수밖에 없다. '집단 괴롭힘을 당한 게 오히려 행운이었어'라고 생각할 수 있다면 무서울 게 없을지도 모른다.

집단 괴롭힘을 당했다. 약한 사람 취급받았다. 그래서 다정해질 수 있었다. 다른 사람을 다정하게 대할 수 있게 되었다. 나와 같은 상처를 지닌 사람에게 다가갈 수 있게 되었다. 작은 행복을 느끼고 그것을 쌓아나갈 수 있게 되었다. 이렇게 생각해 보면 어떨까? 인생의 밑바닥에서 기어 올라온 사람은 분명 그렇지 않은 사람보다 강하다. 이시카와는 자신의 체험을 통해 그렇게 확신했다.

살아가는 이유를 몰라서 방황하는 사람도 있을 것이다. 나는 무엇을 위해 태어났는가? 왜 더 잘 살아가지 못하는가? 이시카와도 그렇게 생각하는 사람 중 하나였다.

하지만 여동생이 조카딸을 낳았을 때 이시카와는 생각했다. 사람은 태어나자마자 가족을 비롯한 주위 사람들을 반드시 웃게 만든다. 행복한 기분으로 만들어 주는 순간이 있다. 다들 잊고 있을 뿐, 모두가 태어나자마자 다른 사람들을 웃게 했다. 아마 그것만으로 사명은 충분히 다했을 터다.

과감한 생각일 수도 있지만, 단도직입적으로 말하자면 살아가는 의미 같은 건 없다. 태어나면서 모두를 기쁘게 했을 때 사명은 이미 끝났다. 거기서부터 보너스로 인생을 살아가고 있을 뿐이다. 모두를 행복하게 해준 보상으로 살아가고 있을 뿐이다. 그러니 너무 깊이 생각하지 말고, 각자 자기만의 보너스 인생을 살아가자.

이시카와는 '이 학창 시절의 경험을 언젠가 책으로 쓰고 싶다. 글로 써서 책으로 내고 싶다'라고 생각했다. 자신과 같은 상황에 빠진 이들에게, 한 사람에게라도 더 많이 이 경험을 이야기해 주고 싶었다.

그리고 지금, 서른두 살이 된 이시카와는 이 이야기를 당신에게 전하고 있다. 그리고 나는, 정말 좋아하는 사람들에게 둘러싸여 살아가고 있다.

이시카와 세이야

지은이 **세이야**

1992년 9월 13일 오사카에서 태어났다. 2013년 1월 소시나와 함께 개그 콤비 '시모후리 묘조'를 결성하였다. 2017년 제38회 〈ABC 코미디 그랑프리〉에서 우승했고, 2018년 〈R-1 그랑프리 2018〉 사상 최초로 콤비가 나란히 결승에 진출하는 쾌거를 거두었다. 같은 해 말 개최된 〈M-1 그랑프리 2018〉에서는 프로그램 사상 최연소로 우승하여 단숨에 안방극장의 인기인이 되었다. 그 뒤 〈시모후리 묘조의 올나이트 닛폰〉(닛폰방송) 〈새로운 열쇠〉(후지TV) 등에 정규 출연했고, 〈테세우스의 배〉(TBS) 등의 드라마에 출연하거나 유튜브 채널 〈시모후리 튜브〉와 〈시모후리 묘조 세이야의 이니미니 채널〉을 개설하는 등 활동의 폭을 넓혀가고 있다. 이 책을 출간함으로써 "학창 시절의 경험을 언젠가 책으로 내고 싶다"라는 소망을 이루었다.

옮긴이 **이지수**

무라카미 하루키의 책을 원서로 읽기 위해 일본어를 전공한 번역가. 사노 요코의 『사는 게 뭐라고』, 고레에다 히로카즈의 『영화를 찍으며 생각한 것』, 미야모토 테루의 『생의 실루엣』, 가와카미 미에코의 『헤븐』, 센류 걸작선 『사랑인 줄 알았는데 부정맥』, 온다 리쿠의 『스프링』, 스즈키 유이의 『괴테는 모든 것을 말했다』 등 다수의 책을 우리말로 옮겼고, 『아무튼, 하루키』, 『우리는 올록볼록해』, 『내 서랍 속 작은 사치』, 『사랑하는 장면이 내게로 왔다』(공저), 『읽는 사이』(공저) 등을 썼다.

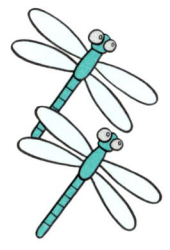

어느 날 책상이 뒤집혀 있었다

초판 1쇄 발행 2026년 2월 19일

지은이 세이야
옮긴이 이지수
펴낸이 김선준

편집이사 서선행
책임편집 천혜진 **편집1팀** 이주영, 김송은
디자인 김세민
마케팅팀 권두리, 이진규, 신동빈
콘텐츠본부장 조아란
콘텐츠팀 이은정, 장태수, 권희, 박미정, 조문정, 이건희, 박지훈, 송수연, 김수빈, 현유진, 정지호
경영관리 송현주, 윤이경, 임해랑, 정수연

펴낸곳 ㈜콘텐츠그룹 포레스트 **출판등록** 2021년 4월 16일 제2021-000079호
주소 서울시 영등포구 여의대로 108 파크원타워1, 28층
전화 02)332-5855 **팩스** 070)4170-4865
홈페이지 www.forestbooks.co.kr
종이 ㈜월드페이퍼 **출력·인쇄·후가공·제본** 더블비

ISBN 979-11-94530-87-9 (02830)

㈜콘텐츠그룹 포레스트는 독자 여러분의 책에 관한 아이디어와 원고 투고를 기다리고 있습니다. 책 출간을 원하시는 분은 이메일 writer@forestbooks.co.kr로 간단한 개요와 취지, 연락처 등을 보내주세요. '독자의 꿈이 이뤄지는 숲, 포레스트'에서 작가의 꿈을 이루세요.